AF191758

Das Buch

Irgendwann klingelt das Telefon. Ich erhalte die Nachricht, dass sich meine Eltern das Leben genommen haben. Unter Schock stehend gilt es viel „abzuwickeln". Irgendwann glaube ich, alles „erledigt" zu haben. Viel später merke ich, dass der Selbstmord mich in eine schwere „Lebenskrise" gestürzt hat. Es dauert lange, bis ich das verstehe - und wie das mit dem Selbstmord der Eltern zusammenhängt. Es beginnt ein schmerzhafter Prozess. Es geht darum, wie ich möglichst schnell aus dieser Krise heraus komme.

Der Autor

Michael Jaffke, geb. 1958, lebt und arbeitet in Münster. Er schildert in diesem Buch die Erfahrungen im Zusammenhang mit dem Selbstmord seiner Eltern. Weitere Informationen sind auf der Internetseite mjaffke.bei.t-online.de zu finden. Der Autor ist außerdem erreichbar unter der E-Mail-Adresse mjaffke@t-online.de.

Michael Jaffke

Es war kein Abschied

Die Zeit nach dem Selbstmord der Eltern

Michael Jaffke Verlag

Die Widmung

Für Birgit,
in der Hoffnung,
dass sie meine Veränderung versteht.

Und später mal für Linda und Felix.

Das Impressum

© Michael Jaffke Verlag, Münster 2002
1. Auflage 2002
Herstellung: Books on Demand GmbH, Norderstedt
Printed in Germany
ISBN 3-8311-4299-8

5 Das Inhaltsverzeichnis

7   Das Vorwort
9   Das Zitat
10 Die Nachricht
13 Die Vernehmung
16 Die Überlegungen
17 Die Erledigungen
25 Die Pfarrerin
27 Die Trauerfeier
29 Der Händedruck
30 Die Motive
36 Der Hausbesuch
39 Die Bankbesuche
43 Die Information der Hinterbliebenen
47 Die Urnenbestattung
48 Das Hausaufräumen
53 Die Tagesordnung
55 Der Hausverkauf
66 Das Elternhaus
68 Der Besuch der alten Dame
72 Das Staatsarchiv
74 Die Unterlagen
76 Das Grab meiner Mutter (erster Besuch)
78 Die erste Therapie
82 Das Grab meiner Mutter (zweiter Besuch)
83 Die Pflegeeltern
87 Der Gantenbein
88 Die Pateneltern
90 Der Brief meines Vaters an die Pateneltern
91 Der Onkel
93 Die letzten Verwandtenbesuche
94 Das Ende der Reisen
95 Die Kinder am Grab
97 Die Zwischenbilanz
98 Der Ehestreit

103 Die Auslöser

104 Die Therapeutin

105 Die zweite Therapiestunde

107 Der erste Traum

109 Der nächste Traum

110 Die dritte Therapiestunde

112 Die sechste Therapiestunde

116 Die siebte Therapiestunde

119 Die zehnte Therapiestunde

122 Der Sport

123 Die x-te Therapiestunde

125 Die Wahrheit

126 Die Depression

128 Die Zusammenfassung

132 Das Bleibende

133 Der Abschied

135 Die Danksagung

Das Vorwort

Es ist wieder diese typische Zeit. Das Jahr geht zu Ende. Die Gartenmöbel sind in der Garage verstaut, die letzten welken Blätter werden zusammengeharkt.

Und es ist ständig dunkel. Wenn ich morgens zur Arbeit fahre, ist es nass und kalt. Das ist der Moment, wenn die Gedanken wieder kommen. Ich fahre mit dem Fahrrad durch den Wald hinter unserem Dorf und durch die menschenleeren Straßen, und dann sind die Gedanken wieder da.

Es sind jetzt schon vier Jahre vergangen, seit sich mein Vater und meine Stiefmutter das Leben genommen haben. Doch immer wieder gibt es Situationen, in denen mir die Gedanken daran durch den Kopf schießen. Die Tat hat Auswirkungen auf mich, immer noch, nach vier Jahren und wahrscheinlich für den Rest meines Lebens. In diesen Jahren habe ich mich verändert, so stark wie schon lange nicht mehr.

Und immer wieder kommt diese Traurigkeit hoch.

Manchmal sehe ich in der Ferne noch meinen Vater, mit seinen grauen Haaren, auf dem Fahrrad unterwegs mit dem viel zu hoch eingestellten Sattel und dem alles überragenden Lenker. Aber er ist wirklich tot. Immer wieder tauchen neue Fragen auf – Fragen zur Vergangenheit, die plötzlich bei näherem Hinsehen einen ganz realen Bezug zur Gegenwart haben.

Der Wust wird immer größer. So entschließe ich mich, das zu ordnen, das zu analysieren, denn das ist meine Welt: strukturieren, organisieren und planen. Da passt ein Selbstmord nicht hinein. Das rüttelt an den Grundfesten meiner eigenen Ordnung.
Ich habe schon früher vieles aufgeschrieben, damals noch mit einer mechanischen Schreibmaschine, das Papier dann sauber abgeheftet in nun verstaubenden Aktenordnern. Aber es hat mir

geholfen, es hat meinen Kopf frei gemacht, und das ist jetzt auch mein Ziel.

Also, ich schreibe das jetzt auf. Erst einmal für mich. Aber vielleicht auch für andere. Und wie das nun typisch für mich ist, möchte ich jetzt erst einmal ein Konzept für das Aufschreiben entwickeln: Themen sammeln, Gliederung aufstellen, die verschiedensten Zeitstränge und Biografien mit ihren Abhängigkeiten logisch aufeinander folgen lassen.

Aber heute, jetzt, mache ich das noch nicht. Es wären zu viele Dinge zu berücksichtigen: die verschiedenen Zeitebenen, die Geschichten unterschiedlichster Personen, Nebenzweige in den Ereignissen und Biografien, die sich plötzlich auftun. Und das soll hinterher ein „Ganzes" ergeben? In meiner Schulzeit haben wir Literatur genau auf solche Aspekte hin untersucht. So etwas hinzubekommen ist möglich. Aber warum habe ich gleich wieder diesen Anspruch?

Es ist und bleibt erst einmal ein Wust von vielen Fragen. Viele Fragen, die ich nicht gestellt habe, als es noch möglich war.

Und die Antworten wird mir keiner mehr geben können. Ich lege mir die Antworten zurecht.

Das Zitat

„Sich über traumatische oder belastende Erfahrungen nicht mitteilen zu können ist meist noch traumatischer als das Ereignis selbst."

James Pennebaker

Die Nachricht (22.09.1998, 15:00 Uhr)

Ich sitze an meinem Arbeitsplatz. Ich gehe voll in meiner Arbeit auf, wie es so schön heißt. Ich habe vor kurzem meinen Arbeitgeber gewechselt und bin jetzt als EDV-Berater tätig. Ich bin richtig froh darüber, aus einem trägen Großunternehmen den Absprung in das Beratungsgeschäft geschafft zu haben. Beim Kunden mit ständig wechselnden Anforderungen, neuen Themen, aber auch einer gewissen Gelassenheit und Distanz zur Arbeit. Ich muss mich nicht mit der Arbeit identifizieren. Ich bin einfach nur Dienstleister.

Na gut, es kann auch mal frustrierend sein, wie jetzt: Als externer Mitarbeiter bekommt man nicht die besten Arbeitsplätze. Ich sitze im Keller, auf halber Wandhöhe befindet sich ein kleines Fenster, und wenn ich schräg die Böschung hochsehe, meine ich festzustellen, dass die Sonne scheint.

Na ja, und die Arbeit fordert mich auch nicht gerade zu Höchstleistungen auf. Es sind Routinetätigkeiten, für die sich beim Kunden wohl kein Mitarbeiter gefunden hat. Aber wo ist das Problem? Ich habe das Glück, dass ich einen Beruf ausübe, in dem die Nachfrage sehr groß ist. Ich genieße es, umworben zu sein, verhandle schon wieder mit neuen Arbeitgebern mit noch besseren Gehältern.

So sitze ich an meinem Arbeitsplatz im Keller und löse mit dem Kunden und meinem Kollegen ein enorm wichtiges EDV-Problem. Es ist Hektik angesagt, der Auftraggeber macht Druck. Es ist alles so unheimlich wichtig für den nahenden Projekteinführungstermin.

Und dann klingelt das Telefon. Ich stehe auf, um an das Telefon zu gelangen, und nachdem ich meinen Namen genannt habe, weiß ich, dass irgendetwas ganz Fürchterliches passiert sein muss. Birgit, meine Frau, ist am anderen Ende und spricht mit einer Stimme, wie ich sie noch nie von ihr gehört habe:

krampfhaft gefasst, wie unter einem Schock stehend, aber auch zutiefst traurig:

„Michael, ich weiß nicht, wie ich es dir sagen soll ..."

Der Satz scheint mehrere Minuten lang zu sein. Es rotieren wildeste Gedanken in meinem Kopf.

„... aber Deine Eltern sind tot."

Das sitzt. Wie ein schwerer Hammer, der einem auf den Schädel gehauen wird, sacke ich in den weichen Bürostuhl zurück. Es dreht sich plötzlich alles um mich, ich habe den Eindruck, in einem endlosen Tunnel zu laufen, aber dieser Tunnel hat kein Ende. Jemand legt mir seine Hand auf meine Schulter. Birgit sagt noch, ich müsse zum Polizeipräsidium kommen. Ich verstehe nicht. Ich packe ein paar Sachen in meine Aktentasche. Das Taxi habe ich nicht bestellt. Ich gehe durch die Kellergänge Richtung Ausgang, alles mehr oder weniger im Unterbewusstsein.

Die Sonne scheint tatsächlich oben, vor dem Bürogebäude. Ich warte auf das Taxi. Die Klimaanlage des Büros kühlt mich nicht mehr, mir rinnt der Schweiß die Achseln runter, ich reiße mir die Krawatte vom Hals, stopfe sie in die Aktentasche. Ich habe das Gefühl zu ersticken.

Ich warte auf das Taxi und erinnere mich daran, dass ich mir schon mal vor langer Zeit Gedanken gemacht habe, wie und unter welchen Umständen ich benachrichtigt werde, dass meine Eltern verstorben sind.

Ich hatte die Vorstellung, dass wahrscheinlich Stiefmutter die erste sein würde, die stirbt – weil sie halt sehr kränklich war, sich nach den diversen Operationen nie richtig erholt hatte. Und dass dann Vater wahrscheinlich gar nicht alleine zurechtkommen würde – oder vielleicht nochmals aufleben würde.

Die Taxifahrt ist unangenehm. Der Taxifahrer versucht mir irgendein belangloses Gespräch aufzuzwingen, irgendwann scheint er es zu begreifen, dass ich nicht reden will. Die Werbung im Radio wirkt unpassend. Aus dem vollen Aschenbecher steigt kalter Zigarettenqualm hoch. Ich kann meine Übelkeit nur dadurch verringern, dass ich das Fenster weiter herunterkurbele.

Irgendwann kurz vor dem Ziel wird mir bewusst, dass Birgit sagte, ich solle mich beim Polizeipräsidium, und zwar in der Mordkommission, melden.

Ich verstehe nicht.

Die Vernehmung (22.09.1998, 15:30 Uhr)

Ich frage mich durch zur Mordkommission. Ich werde eingelassen und treffe Birgit und meine Schwester Rikarda. Beide wirken wie gelähmt, aufgelöst. Irgendjemand erzählt mir, dass sich Vater und Stiefmutter umgebracht haben. Wir können uns kurz umarmen und dann werden wir auch schon getrennt. Jeder wird von einem Polizeibeamten in ein anderes Zimmer zur Vernehmung gebracht.

Vollkommen nüchtern spricht mir der Beamte sein Beileid aus, sagt, dass er mich vernehmen müsse, und fragt mich, ob ich etwas trinken möchte. Ich bitte ihn, mir ein Glas Wasser zu bringen. Als er rausgeht, wird mir bewusst, dass ich wirklich in einer Mordkommission bin. Ich frage mich, warum ich jetzt vernommen werde.

In den Regalen stehen viele Ordner, alle beschriftet mit „Speichelproben Becker", einer Frau, die vor Monaten in Münster ermordet worden ist. An der Wand hängt ein vergilbter Stadtplan von Münster, gespickt mit vielen blauen, roten, gelben Nadeln.

Nachdem mir der Polizeibeamte das Glas mit Wasser gebracht hat, wendet er sich seinem PC zu, klickt sich durch die Bilder. Dann erläutert er kurz, was vorgefallen ist.

Vater und Stiefmutter seien heute morgen tot in ihrem Haus gefunden worden. Die Tageszeitung habe sich seit Freitag vor dem Haus gestapelt, und auch das Mittagessen, das sie sich täglich durch „Essen auf Rädern" kommen ließen, sei nicht ins Haus geholt worden. Aus diesem Grund habe ein Nachbar Birgit angerufen.

Die Leichen seien jetzt in der Gerichtsmedizin, morgen könne mit einem Ergebnis der Untersuchung gerechnet werden. Man vermute Selbstmord, werde aber noch ein paar Untersuchungen durchführen.

Ich werde vernommen, gebe bereitwillig meine Personalien an, berichte über die Krankheiten meiner Eltern und die eventuell wieder anstehende Krebsoperation meines Vaters. Ich gebe Auskunft darüber, wann ich meine Eltern zum letzten Mal gesehen habe und dass ich am Mittwoch oder Donnerstag das letzte Mal mit Vater wegen der bevorstehenden Bekanntgabe des Untersuchungsergebnisses zum erneuten Ausbruch seiner Krebskrankheit gesprochen habe.

Mir geht durch den Kopf, wie er in unserer üblichen abendlichen Familienhektik anrief, ziemlich deprimiert klang und Angst vor dem erneuten Ausbruch des Krebses hatte, von Knubbeln sprach, die er am Hals spürte. Ich versuchte irgendetwas dazu zu sagen, von Drüsen, die sich aufgrund der ersten Operation vielleicht entzündet hätten, und er sollte doch das Ergebnis der Untersuchung abwarten. Ich bat ihn, wieder anzurufen, wenn der Arzt ihm das Ergebnis bekanntgegeben hätte.

Es wird mir klar: er hatte sich nicht mehr gemeldet und ich hatte auch nicht nachgefragt.

Ich werde vernommen, gebe Auskunft darüber, was ich zu den Zeitpunkten gemacht habe, für die sich der Polizeibeamte interessiert. Ich bin in der Mordkommission. Irgendwie habe ich das Gefühl, als potenzieller Mörder verdächtigt zu werden. Natürlich ist alles nur Routine. Das Vernehmungsprotokoll bekomme ich nicht ausgehändigt, als ich danach frage. Es wird der Staatsanwaltschaft übergeben.

Nachdem Birgit, Rikarda und ich vernommen worden sind und wir wieder draußen vor dem Polizeipräsidium zusammenkommen, nehmen wir uns in die Arme und als ich nachfrage, wie „es" passiert ist, fragt mich Rikarda, ob ich das wirklich wissen wolle. Ich bejahe, und es kommen einfach nur die Fakten aus ihrem Mund: Vater hat Stiefmutter im Schlaf erschlagen und sich anschließend erhängt, dort im Esszimmer, wo die Heizungsrohre aus der Decke kommen, an denen das Mobile hing.

Wieder dreht sich alles. Die Beamten haben es mir nicht gesagt. Das erste Mal rennen die Tränen meine Wangen hinunter. Ich sage: Die Kinder sollen es nicht erfahren.

Wir fahren zu uns nach Hause. Ich kann nicht fahren. Ich zittere am ganzen Körper.

Die Überlegungen (22.09.1998, abends)

Wir überlegen nur, was jetzt zu tun ist, schreiben zunächst auf einen Zettel: Standesamt, Bestatter, Unterlagen aus dem Haus besorgen, Verwandte informieren, Zeitung abbestellen, ...

Eine endlose Liste, die ich irgendwann ein paar Tage später mit dem PC erfasse, in eine Tabelle presse, mit Spalten wie: Notiz, Datum, Status.

Ich kann die ganze Nacht nicht schlafen, kriege zwischendurch Schüttelanfälle, kann mich noch nicht einmal auf den Fernseher konzentrieren, und der Beruhigungstee wirkt auch nicht. Der Kopf ist voll mit: was ist jetzt zu tun, ein bisschen Traurigkeit und der Frage: mein Vater ein Mörder?

Ich sehne das Ende der Nacht herbei.

Die Erledigungen (23.09.1998)

Mir fällt ein, dass ich zu schnell meinen Arbeitsplatz verlassen habe. Es liegen dort noch eine Bewerbung auf eine Stellenanzeige und mein Terminkalender auf dem Schreibtisch herum und mein Fahrrad steht auch noch im Fahrradkeller.

Ich muss noch mal zum Büro zurück.

Ich will keinem über den Weg laufen. Ich entschließe mich deswegen um 5 Uhr morgens, mit dem Auto zum Büro zu fahren, hoffe, dass ich den hinteren Kellereingang mit der Zutrittskarte öffnen kann. Wie ein Einbrecher schleiche ich mich ins Gebäude, raffe die Unterlagen in meine Tasche, schließe den Schreibtisch ab. Dann verlasse ich schnellstens das Gebäude wieder, um nicht eventuell dem Nachtwächter noch über den Weg zu laufen, der sich sicherlich wundern würde, was jemand zu solch früher Zeit in dem Bankgebäude zu suchen hat.

Zu Hause sitze ich vor dem Telefon, völlig nervös. Ich muss meinem Chef sagen, dass ich nicht zur Arbeit komme. Jedes Wort lege ich mir zurecht, ringe nach Fassung, hoffe, dass er nicht zu viele Fragen stellt. Anscheinend ist er informiert darüber, unter welchen Umständen ich gestern den Arbeitsplatz verlassen habe. Wieder bekomme ich diese Schüttelkrämpfe, muss langsam sprechen und zwischendurch tief ausatmen. Ich sage, dass ich frühestens nächste Woche Montag wieder zur Arbeit komme. Ich gebe ihm meine dienstlichen Termine durch und bitte ihn, diese abzusagen. Es bleibt ein sachliches Gespräch. Danach geht es mir besser.

Das anschließende Telefonat mit meinem Hausarzt ist nicht mehr so einfach. Ich möchte kurzfristig einen Termin bekommen – es ist aber eigentlich keiner mehr frei. Schwer atme ich und versuche krampfhaft zu erläutern, dass es aber dringend ist. Um zehn Uhr kann ich vorbeikommen, auf dem Weg dorthin kaufe ich mir beim Bäcker das Frühstück, ein trockenes Brötchen.

Ich bitte den Arzt, mich krankzuschreiben, weil meine Eltern verstorben sind. Als er nachfragt, ob es ein Unfall war oder sie an einer Krankheit verstorben sind, kann ich die Fassung nicht mehr halten: Heulend und würgend erzähle ich, dass sie Selbstmord begangen haben. Er bleibt sachlich, schreibt mich zunächst für eine Woche krank und gibt mir ein Rezept für ein starkes Beruhigungsmittel mit, bittet mich anschließend, dann in einer Woche nochmals vorbeizuschauen. Obwohl ich nicht viel von Beruhigungsmitteln halte, gehe ich in die Apotheke, die sich unter der Praxis des Arztes befindet, und löse das Rezept ein.

Es ist heute noch vieles zu organisieren. Ich treffe mich mit Rikarda, die auch für eine Woche krankgeschrieben ist, in ihrer Wohnung, um die wichtigsten Sachen zu regeln.

Die Tageszeitung können wir telefonisch abbestellen, aber bis Samstag wird sie noch geliefert, das kann so schnell nicht eingestellt werden. Das Telefon kann nur schriftlich gekündigt werden. Essen auf Rädern kann sofort abbestellt werden. Die Liste der Punkte, die wir noch zu regeln haben, wird immer länger.

Um 11 Uhr haben wir einen Termin in der Mordkommission. Man berichtet uns, dass die Leichen „freigegeben" sind – frei von was oder für wen? Wo sie jetzt sind, was damit passiert, interessiert uns irgendwie nicht, wir vertrauen darauf, dass das im Hintergrund alles organisiert ist. Das Bild aus den Büchern oder Filmen, in denen sich die Hinterbliebenen am Totenbett von den Gestorbenen verabschieden – es passt mir nicht in den Kopf.

In einem versiegelten Briefumschlag werden uns die Totenscheine, Personalausweise und Reisepässe unserer verstorbenen Eltern ausgehändigt. Diese Unterlagen sollen wir an das Standesamt weiterleiten. Es hat uns nicht zu interessieren, was im Totenschein steht, das ist anscheinend eine reine Angelegenheit zwischen den Behörden.

Das Haus unserer Eltern wurde offenbar gut durchsucht. Man überreicht uns neben dem Briefumschlag noch einen Tresorschlüssel, dem ich es gar nicht ansehe, dass es sich um einen solchen handelt, und einen Stapel von Testamenten, anscheinend bis auf kleine Unterschiede alles Duplikate. Ich finde es unpassend nachzufragen, zu welchem Tresorfach der Schlüssel passt, obwohl ich vermute, dass die Polizei schon einen Blick hineingeworfen hat.

Der Beamte erzählt noch kurz, dass Erkundigungen bei dem behandelnden Arzt in der Krebsklinik eingeholt wurden. Beide Eltern seien am Donnerstag dort gewesen, man habe Vater eine Heilungschance von 40 % prognostiziert. Ein Termin für die erneute stationäre Aufnahme in der Klinik sei auch vereinbart gewesen und Vater hätte mit seiner Unterschrift der Operation zugestimmt.

Vermutlich wird dieser Arzt der letzte gewesen sein, der die beiden noch lebend gesehen hat. Was sich danach in den Köpfen meiner Eltern abgespielt hat, bzw. was danach passiert ist, ist eine Sache unserer Phantasie und Vermutung.

Die abschließende Frage des Polizisten ist, was mit den Zahnprothesen unserer Eltern geschehen soll. Wir gucken ihn anscheinend irritiert an, und er stellt die Frage konkreter, ob wir die Gebisse wegen des Zahngoldes ausgehändigt haben möchten, oder ob sie hier bei der Polizei vernichtet werden sollen.

Wir entscheiden uns für die zweite Alternative.

In das Elternhaus können wir allerdings nicht, man wolle noch einige Untersuchungen durchführen und es sei daher versiegelt.

Man ermittele halt in einer Mordsache, wir sollten heute Nachmittag nochmals vorbeikommen.

Wir fahren zum Standesamt, lassen uns nach Übergabe der Totenscheine, Personalausweise und Reisepässe unserer Eltern ein paar Sterbeurkunden ausstellen. Den Beleg über die Zahlung einer Verwaltungsgebühr von 40 DM müssen wir vorzeigen, ehe uns die Sterbeurkunden in mehrfacher Kopie ausgehändigt werden.

Wir müssen uns um die Bestattung kümmern. In der Nähe von Rikardas Wohnung befindet sich ein entsprechendes Unternehmen.

Im Schaufenster sind ein paar Urnen aufgestellt. Einen Blick in das Ladeninnere lassen die blickdichten, schlichten Gardinen nicht zu.

Ich erinnere mich, was ich vor einiger Zeit über Bestattungsunternehmen gelesen habe: dass man sich über ihre Leistungen und ihre Gebühren informieren solle, bevor man jemanden beauftragt. Lächerlich der Gedanke, in dieser Situation, in der es Überwindung genug kostet, einen solchen Unternehmer überhaupt aufzusuchen, auch noch Preisvergleiche anzustellen.

Es ist zu warm in dem kärglich eingerichteten Büro des Bestatters. Die Luft ist schlecht. Ein Herr in schwarzem Anzug begrüßt uns, lässt uns kurz allein und kommt nach einiger Zeit mit einem Ordner unter dem Arm zurück. Irgendwie scheint es klar für ihn zu sein, was unser Anliegen ist. Er spricht uns kurz sein Beileid aus. Und dann kommt man auch schon zur Terminplanung. Wir unterhalten uns darüber, dass am Freitag die Trauerfeier sein soll und in der nächsten Woche die Feuerbestattung. Der Bestatter erkundigt sich nach freien Terminen in der Kirche, teilt uns Datum und Uhrzeit mit.

Dann geht es um die Dienstleistungen, mit denen wir den Bestatter beauftragen. Wir sind unsicher, die eine oder andere Träne rollt vor den Augen des Bestatters runter. Vater hat uns in seinem Testament auferlegt, dass er in einem anonymen Grab beerdigt werden möchte. Wir sind im Zweifel, ob wir uns daran halten müssen. Es ist für uns nicht vorstellbar, überhaupt nichts mehr zu haben nach dem Tod unserer Eltern – keinen Platz zu haben, an dem man Abschied nehmen könnte. Unsicher lassen wir den Bestatter einen Blick in das Testament werfen, und er sagt tatsächlich einen sinnvollen Satz: „Sie müssen mit dem Tod fertig werden, Sie leben weiter, machen Sie es so, wie es für Sie am besten ist".

Also entschließen wir uns zu einer „normalen" Urnenbestattung und unterhalten uns mit dem Beerdigungsunternehmer über seine zu erbringenden Dienste. Ein Urnenreihengrab kostet je 470 DM, die Traueranzeige – wir entscheiden uns für die mittlere Größe – kostet in der lokalen Tageszeitung 295,80 DM.

Mit der Formulierung des Textes für die Traueranzeige wird es schwieriger. Der Bestatter zeigt uns aus seinem Musterordner verschiedene Beispiele. Es ist alles zu christlich angehaucht – es passt nicht zu unseren Eltern. Aus dem Stand, in der Situation, in der wir uns befinden, können wir noch kreativ sein, entscheiden uns innerhalb von fünf Minuten für einen Dreizeiler: „Zusammen gelebt, zusammen geliebt, zusammen gestorben". Der Interpretation ist damit freier Raum gelassen, und in gewisser Weise trifft es ihr Leben: immer zusammen, fast aneinandergekettet, bis zum gemeinsamen Ende.

Wir möchten Trauerbriefe drucken lassen. Es gibt eine Mindestabnahmemenge, die uns schon zu hoch erscheint für den kleinen Verwandten- und Bekanntenkreis unserer Eltern.

Wir werden in die Ausstellung gebeten, können uns verschiedene Särge und Urnen ansehen. Beim Sarg ist es einfach, sich zu entscheiden. Da er bei der Feuerbestattung sowieso verbrannt wird, entscheiden wir uns für das einfachste Modell, zwei Kiefernsärge.

Bei den Urnen wird es schwieriger – es gibt verschiedenste Modelle. Auf die Frage, wo denn der Unterschied liege, erhalten wir die Antwort, dass dies im wesentlichen eine Frage der Qualität sei. Die besseren Urnen seien aus länger haltbarem Material gearbeitet und natürlich auch entsprechend teurer. Auch hier können wir uns sehr schnell für eines der Gefäße entscheiden.

Es geht weiter mit dem Blumenschmuck, der auf die Särge gelegt werden soll. Rikarda möchte gerne weiße Nelken, weil das die Blumen sind, die Stiefmutter so gerne mochte. Ich weiß nicht, ob es zu dieser Jahreszeit überhaupt Nelken gibt. Und sie hat noch eine Frage: Sie möchte wissen, wer in welchem Sarg in der Kirche aufgebahrt wird. Der Bestatter sagt, dass Mutter in dem linken Sarg liegen werde.

Wir scheinen dann soweit fertig zu sein – der Bestatter holt ein Auftragsformular und fängt an mit seinem Taschenrechner zu rechnen. Er kommt auf eine Summe von ca. 5.000 DM ohne Mehrwertsteuer. Davon könne er das Sterbegeld der Krankenkasse abziehen, sofern wir ihn mit den entsprechenden Formalitäten beauftragen; damit wäre auch gleichzeitig die Mitgliedschaft in der Krankenkasse beendet.

Wir unterschreiben noch den Auftrag.

Irgendwo zwischendurch essen wir ein Brötchen, dass wir bei einem Bäcker im Stehen hinunterwürgen. Es fehlt der Hunger.

Wir rasen zum nächsten Termin – die Mordkommission erwartet uns. Wir kennen den Weg, nehmen im Büro des zuständigen Sachbearbeiters auf zwei alten Holzstühlen Platz.

Er geht kurz raus und kommt anschließend mit einer Schublade zurück, auf der sich ein paar braune Briefumschläge befinden. Obenauf liegt ein kurzes Seil, das er hastig verschwinden lässt, als er die Schublade auf seinem Schreibtisch abstellt. Erst später wird mir klar, dass es sich wohl um das Seil gehandelt hat, an dem Vater sich aufgehängt hat.

Einen Briefumschlag nach dem anderen öffnet er und übergibt uns den Inhalt. In dem ersten befinden sich die Eheringe und zwei Armbanduhren. Stiefmutters Uhr ist irgendwann stehengeblieben, der Sekundenzeiger auf Vaters Uhr dreht sich immer noch. In einem zweiten Umschlag befinden sich ein paar Unterlagen, ein weiteres Testament aus dem Jahre 1984, das noch gemeinsam von beiden Elternteilen unterschrieben wurde, und eine vergilbte Telefonliste. Die Telefonliste ist nur noch eine kümmerliche Ansammlung einiger Namen, einige Teile sind rausgerissen worden, warum und von wem auch immer – das ganze verpackt in einer Klarsichthülle.

Das Wichtigste fehlt mir, ich suche in den Unterlagen nach dem Abschiedsbrief meines Vaters. Der Beamte sagt, den habe er jetzt nicht hier, er müsse sich außerdem erst erkundigen, ob er uns diesen Brief aushändigen könne. Nur kurz steigt in mir die Wut hoch – ein für die Angehörigen bestimmter Abschiedsbrief wird als Beweismaterial einbehalten? Dann kann man ja nur jedem raten, dass er seinen Abschiedsbrief vorher mit der Post versendet, damit die letzten, vielleicht aber auch wichtigsten Nachrichten die Angehörigen auch erreichen. Das Original erhalten wir natürlich nicht, sondern eine Kopie, versehen mit dem Aufdruck: „Kopie des Polizeipräsidiums Münster". Ich überfliege den Brief kurz, will ihn später in Ruhe lesen, stecke ihn hastig weg.

Wir halten jetzt die Schlüssel zum Haus unserer Eltern in den Händen. Früher durfte ich nie einen von zu Hause mitnehmen. Entweder war immer jemand da, der mir die Tür öffnen konnte, oder wenn es sehr spät wurde, hatte Stiefmutter ihn ausnahmsweise unter einem Blumentopf am Kellereingang hinterlegt.

Jetzt könnten wir in das Haus – es gehört uns jetzt sogar. Doch wir haben Angst. Im Kopf rotieren die Gedanken darüber, was dort passiert ist. Vater hat Stiefmutter oben im Schlafzimmer mit einem Beil erschlagen – blitzschnell schießen die entsprechenden Vorstellungen durch den Kopf, wie es jetzt dort aussehen wird.

Wir überlegen uns, dass wir nochmals unseren Bestatter aufsuchen wollen, um ihn zu bitten, die Spuren der „Tat" zu beseitigen.

Der Herr im grauen Anzug, der uns die ganze Zeit vorher bedient hatte, holt uns einen Mitarbeiter aus den hinteren Räumen. Für diesen ist das anscheinend eine alltägliche Situation. Er lässt sich von uns schildern, wo er welche Zimmer im Haus findet, in denen er aufräumen soll. Dann nimmt er einen der Hausschlüssel entgegen und bittet uns, morgen wiederzukommen, um den Schlüssel wieder abzuholen.

Der Tag ist immer noch nicht zu Ende – wir müssen noch die Pfarrerin in der Kirchengemeinde unserer Eltern besuchen.

Die Pfarrerin (23.09.1998, abends)

Es ist dunkel in dieser Ecke des Ortes, in dem das Haus der Pfarrerin liegt. Es ist ein altes, repräsentatives, in einem großen Garten mit hohen Bäumen stehendes Haus. Wir finden im Dunkeln die Klingel, an der ein Doppelname steht.

Die Pfarrerin begrüßt uns und führt uns in einen karg eingerichteten Raum – ein heller Holzfußboden, ein paar Sessel, eine Lampe – schlicht und doch elegant eingerichtet. Sie redet davon, dass sie „es schrecklich findet", was passiert ist. Ist es ihre eigene Bestürzung, ehrlich gemeint, oder nur eine Floskel oder die Überleitung zu uns?

Sie fragt uns, wie wir uns fühlen. Die Frage reicht – es wird mir bewusst, dass wir uns den ganzen Tag um Organisation, Besorgungen und viele andere Dinge gekümmert haben – aber nicht um uns. Die Frage wirkt wie eine Stecknadel, die man in einen prall gefüllten Luftballon pikt. Sofort ist mir kalt, ich fange an zu zittern, der Atem geht schwer, die Tränen rollen. Ständig diese Kälte in den letzten Tagen.

Irgendwann ist der größte Druck abgelassen, krampfhaft versuchen wir, unsere Fassung wiederzubekommen. Die Pfarrerin lässt zwischendurch wieder ihren Satz los, wie schrecklich sie das alles findet, und tatsächlich ist ihr Gesicht mittlerweile ziemlich gerötet.

Dann kommt ein Schock nach dem anderen. Ob wir denn schon überlegt haben, wie wir reagieren werden, wenn über die Tat in der Presse berichtet wird? Wie wir uns dem Gerede der Leute hier im Vorort von Münster stellen wollen?

Rikarda erzählt, dass sie sich durch eine Nachbarin unserer Eltern verletzt fühlte, die in dem Auflauf vor dem Haus unserer Eltern, als Feuerwehr und Polizei eintrafen, Sätze fallen ließ wie: „Die undankbaren Kinder haben sich ja auch nie um ihre

Eltern gekümmert." Schon klar, warum sie das jetzt sagt, als Nachbarin.

Was die Pfarrerin dann erzählt, überrascht mich positiv – es passt so gar nicht in das Bild, das ich von Theologen, Pfarrern und sonstigen Kirchenangehörigen habe. Sie macht uns klar, dass wir nur die Kinder unserer Eltern und nur für das eigene Leben verantwortlich sind. Wir sollten nicht das „Dunkle" im Leben unserer Eltern mit in das eigene Leben übernehmen. Wir sollten uns lösen, freimachen, eher offen in der Öffentlichkeit mit dem Tod und den Umständen umgehen, da wir sonst lange mit einer Lüge leben müssten, die uns immer wieder belasten würde. Ansonsten empfiehlt sie uns, eine Beratungsstelle aufzusuchen, um die vielen ungeklärten Punkte in unserem Leben mit unseren Eltern aufzuarbeiten. Sie verspricht uns, noch entsprechende Kontaktadressen herauszusuchen.

Zum Schluss geht es noch um das Organisatorische der Trauerfeier. Sie skizziert den Ablauf, fragt uns nach Stichpunkten für die Ansprache, meint, dass es schwierig sein werde, die richtigen Worte zu finden, vor allem, weil ja auch unsere Kinder bei der Ansprache dabei seien. Was dann die eigentliche Urnenbestattung in ca. 10 Tagen angehe – da sei üblicherweise kein Geistlicher mehr dabei, nur noch die Angehörigen würden am Grab stehen und sich verabschieden.

Als letztes an diesem Tag besuchen wir die Friedenskirche, eine kleine Kirche, groß genug für die wenigen Trauergäste.

Die Trauerfeier (25.09.1998)

Es ist eine kleine Gesellschaft, die sich mittags vor der Kirche trifft. Etwas abseits stehen diskret im Hintergrund zwei Angestellte des Bestattungsunternehmers, eingezwängt in dunkle Anzüge, einer eine Zigarette rauchend. Meine Schwiegereltern sind da, ein paar andere Familienmitglieder, eine Freundin von Rikarda, dann noch ein paar Arbeitskollegen von ihr, die sich diskret auf die letzten Bänke der kleinen Friedenskirche verdrücken. Man bleibt unter sich, kommt sich kaum nahe. Wir wollten unter uns sein, haben fast niemandem von der Trauerfeier erzählt.

Die beiden Särge stehen aufgebahrt vor dem Altar. Die Trauerfeier nimmt den geplanten Verlauf, es ist eine tränenreiche Veranstaltung. Ich kann mich auf nichts konzentrieren, die Gedanken sind überall. Unsere Kinder sind ein bisschen verstört – es kommt nicht so oft vor, dass ihre Eltern weinen, und dann auch noch in der Öffentlichkeit. Laura sitzt bei mir auf dem Schoß und versucht mich zu trösten.

Dann heißt es irgendwann Abschied nehmen. Die Särge sind mit einem Deckel verschlossen. Ich würde die beiden gerne noch einmal sehen, aber der Deckel versteckt sie. Links soll Stiefmutter liegen und rechts Vater. So ist es abgesprochen, aber die Holzkisten könnten auch leer sein. So verabschiede ich mich von zwei Särgen, in denen man zwei Körper versteckt, die ich nie wieder sehen werde, die mir fern sind. So sieht kein Abschied aus.

Draußen vor der Kirche umarmen Rikarda und ich uns, sagen uns, dass wir uns abgrenzen müssen von der Vergangenheit und unseren Eltern.

Die kleine Trauergemeinde verteilt sich schnell in alle Richtungen. Ich gehe noch einmal zurück in die Kirche, schieße ein paar Fotos. Sie werden nicht gut gelingen, der Kontrast wird zu groß sein zwischen dem dunklen Innenraum und ein paar Sonnenstrahlen, die durch die kleinen Kirchenfenster grell auf den Sarg strahlen.

Mit dem Auto kann ich nicht fahren; ich bitte Birgit, uns zurückzufahren.

Der Händedruck

Sie hält die Predigt
hinter den Särgen

Worte
Lieder
Tränen

Im Kopf
brausen
die Gedanken

Sätze
Töne
Wasser

Sie beendet ihre Predigt
vor den Särgen

Sie drückt mir meine Hand
eine Idee länger

Diese kleine Geste nur

Die Motive

Die Frage kommt natürlich sofort: warum? Warum nehmen sich zwei Menschen gemeinsam das Leben? Die Art und Weise, wie sie sich das Leben genommen haben, bedrückt mich sehr, ebenso wie der Umstand, dass die Staatsanwaltschaft immer noch Richtung Mord ermittelt.

Ich lege mir die Motive zurecht.

Eigentlich fing es mit Stiefmutter an. Vor Jahren schon war sie mal wegen Halsschmerzen bei einem Arzt gewesen, der ihr ein Rezept ausstellte und sie mit Halsschmerztabletten nach Hause schickte. Als die Beschwerden dann stärker wurden und Stiefmutter den Arzt wechselte, war es zu spät. Sie musste sich einer Krebsoperation an den Stimmbändern und der Schilddrüse unterziehen, und von dem Zeitpunkt an begann ein ständiger Prozess des körperlichen Verfalls. Sie war sauer und frustriert über den ersten Arzt, der ihre Krankheit nicht richtig diagnostiziert hatte. Die Medikamente, die sie nehmen musste, und die ständigen Nachuntersuchungen, Bestrahlungen, vielleicht auch die innere Enttäuschung – machten sie mit der Zeit immer anfälliger für alle möglichen Krankheiten.

Irgendwann merkten wir dann, dass sie anfing, geistig abzubauen. Sie konnte sich an viele Sachen nicht mehr erinnern, die Orientierung fiel ihr schwer, sie redete kaum noch, wenn sie nicht gerade angesprochen wurde.

Viele Situationen sind mir da noch vor Augen. Als sie anlässlich eines Geburtstages bei uns in der Küche stand und ich sie bat, mir aus einer Schublade einen Sahnelöffel zu geben, versuchte sie, in der Mitte der Schublade den Knopf zu fassen, um die Schublade zu öffnen. Es gab aber rechts und links auf der Schubladenfront jeweils einen Knopf, was sie nicht mehr erkennen und umsetzen konnte.

Irgendwann später stand sie dann im Flur vor der Toilettentür, winkte mir zu und bat mich, ihr die Hosen hochzuziehen. Mit dem Gewusel zwischen Rock, Strumpfhose und Schlüpfer kam sie nicht mehr zurecht.

Es war traurig, den Zerfallsprozess eines Menschen direkt mitzuerleben, eines Menschen, der vorher so vital und dominant das Familienregiment geführt hatte. Vor allem Vater hatte zunächst Probleme damit. Er meinte, durch Training und ständiges Erklären müsse sie doch in der Lage sein, wenigstens einfachste Sachen zu erledigen. Doch diese Erklärungen verunsicherten und deprimierten meine Stiefmutter immer mehr, oft fing sie darüber an zu weinen.

Es hat lange gedauert, bis mein Vater akzeptierte, dass Alzheimer eine Krankheit ist, die aufgrund von nicht wieder umzukehrenden Abbauprozessen die Funktionsfähigkeit des Gehirns beeinträchtigt. Tag und Nacht war er zuletzt damit beschäftigt, seiner kranken Frau zur Seite zu stehen, die am Ende nicht mehr in der Lage war, alleine zur Toilette zu gehen, und schließlich Windeln tragen musste.

Nach langem Zureden von Rikarda und mir hatten wir es irgendwann geschafft, dass er sich einer Selbsthilfegruppe für Angehörige von Alzheimer-Patienten anschloss. Doch diese Hilfe nahm er nur kurz an, genauso wie den Einsatz eines Pflegedienstes, zu dem wir ihn überredet hatten. Den Pflegedienst nutzte er nur ein paar Wochen. Aus irgendeinem Grund passten ihm die Pfleger nicht in den Kram, er fühlte sich gestört im eigenen Haus. Außerdem kam der Pflegedienst nicht immer zur gleichen Zeit, und vor allem nicht schon morgens um 6 Uhr, wenn meine Eltern aufstanden.

Hilfen wurden keine akzeptiert, auch nicht von uns. Es ist meine letzte Aufgabe, Mutter zu pflegen, so sagte er manchmal, wenn wir ihn fragten, ob das nicht alles zu belastend sei. Er habe doch Zeit, sagte er dann. Aber manchmal kam doch die

Frustration hoch. Jahrelang hatte er sich auf die Rente gefreut, von seinem Traum erzählt, einmal mit dem Fahrrad nach Italien zu fahren. Es ist eben was dazwischen gekommen, sagte er. Aber man merkte, dass ihm das nicht behagte.

Vielleicht ging er ja auch davon aus, dass seine Frau irgendwann vor ihm sterben würde, er dann immer noch seinen Traum würde leben können. Er legte immer großen Wert auf gesunde Ernährung und viel Bewegung. Er wurde von uns so manches Mal belächelt, wenn er sich wieder einen Brennnesselquark anrührte, Löwenzahnsalat verspeiste oder Unmengen von Obst vertilgte.

Doch dann kommt alles anders. Irgendwann klingelt das Telefon. Mein Vater ist dran und erzählt mit weinerlicher Stimme, dass bei ihm Mandelkrebs diagnostiziert worden ist und er innerhalb von ein paar Tagen operiert werden muss.

Für Stiefmutter will er noch einen Platz in einem Pflegeheim organisieren, aber so kurzfristig ist nur eine Unterbringung in einer psychiatrischen Klinik möglich. Rikarda und ich wechseln uns ab, sie dort fast jeden Tag zu besuchen.

Das erste Mal ist es für mich ein Schock, als ich die geschlossene Abteilung betrete, in der Stiefmutter untergebracht ist. Menschen, die ununterbrochen Schreie ausstoßen, andere, die völlig weggetreten vor sich hin stieren und andauernd irgendwelche Körperteile bewegen. Ein Mann, der sich ständig bis auf die Unterhose entkleidet, durch die Gänge läuft und jedes Mal wieder von einem Pfleger angezogen wird.

Und mitten im Aufenthaltsraum sitzt Stiefmutter, sitzt einfach nur da und rührt sich nicht. Als ich auf sie zugehe, sieht sie mich mit leeren Augen fragend an, sagt zu mir: „Kenne ich Sie irgendwo her?" Und als ich sage „Ich bin Michael, dein Sohn!", fängt sie an zu weinen, nimmt meine Hand und fragt mich: „Holst du mich hier raus, bringst du mich zu Vater?"

Ihren Mann hat sie nicht vergessen und ist voller Sehnsucht nach ihm. Doch vor der Operation meines Vaters können wir nur im Garten der Psychiatrie spazieren gehen. Ein Pfleger schließt uns die Tür auf, und sie hält sich krampfhaft an meiner Hand fest, als wir eine kleine Runde drehen.

Bevor ich fahre, nehme ich schmutzige Wäsche von ihr mit, eingekotete Unterhosen, in einer Klinikplastiktüte verpackt.

Vaters Operation ist etwas schwieriger. Sie findet zufälligerweise in der Nähe meines Wohnortes in der Krebsklinik statt und dauert insgesamt sechzehn Stunden. Es werden ihm die Mandeln wegoperiert und weiteres befallenes Gewebe wird aus dem Gaumenbereich entfernt. Um das dadurch im Mundbereich entstehende Loch zu füllen, werden ihm vom Unterarm gut durchblutete Hautpartien entfernt und in den Gaumen eingepflanzt. Das dadurch wiederum verursachte Loch im Unterarm wird mit Haut vom Kopf geschlossen.

Als ich am Tag nach der Operation in der Intensivstation auftauche und ihn besuche, bin ich überrascht, wie gut es ihm geht. Er hat zwar überall Verbände und kann nicht sprechen, aber die Antworten auf meine Fragen schreibt er in seiner akkuraten Schrift auf einen Zettel. Alle sind zufrieden, wie schnell der Genesungsprozess einsetzt, und man merkt Vater an, wie er mit aller Kraft versucht, wieder fit zu werden.

Er muss noch ein paar Wochen in der Klinik bleiben; es dauert lange, bis er wieder alles essen kann, ein Verband nach dem anderen von seinem Körper entfernt wird. Aber er ist insgesamt guter Dinge, führt ständig gymnastische Übungen durch, versucht, so schnell wie möglich wieder in den Alltag zurück zu kommen.

Während seines Klinikaufenthaltes holen Rikarda und ich Stiefmutter abwechselnd aus der psychiatrischen Klinik ab. Ich habe das Gefühl, dass es Stiefmutter noch schlechter geht, seitdem sie aus ihrer vertrauten Umgebung zu Hause herausgerissen wurde und in der Klinik wohnt. Als sie das Ortsschild von Münster sieht, kann sie mit dieser Stadt, in der sie die Hälfte ihres Lebens verbracht hat, nichts anfangen. Sie fragt immer, ob ich sie nach Hause bringe, aber ich sage ihr, dass das noch nicht möglich sei, weil Vater noch in der Klinik ist.

Als Vater und Stiefmutter in der Klinik zusammentreffen, ist es ein rührendes Bild, wie sie sich umarmen, die Tränen rollen und sie sich die ganze Zeit an der Hand halten.

Vater wird aus der Klinik entlassen. Stiefmutter kommt aus der Psychiatrie nach Hause. Alles scheint wieder im alten Trott weiterzugehen. Zwar klagt Vater über die Folgen der Operation, über Übelkeit nach den Bestrahlungen, und darüber, dass er keinen Geschmackssinn mehr hat, aber er scheint es zu akzeptieren. Der Speichelfluss ist ihm auch irgendwie abhanden gekommen, so dass ihm langes Reden anstrengend wird und er ständig etwas trinken muss. Unterwegs trägt er immer einen kleinen Flachmann mit sich herum, auf dem noch das Etikett „Weizenkorn" klebt und aus dem er ständig einen Schluck Wasser nimmt, wenn er redet.

Von Zeit zu Zeit frage ich nach, wie denn das Ergebnis der Nachuntersuchungen sei, und ich bin geschockt, als er irgendwann erzählt, dass er die Bestrahlungen abgebrochen habe. „Warum?", frage ich und er erzählt von den ganzen Nebenwirkungen und sagt: „Wenn es denn vorbei sein soll, ist es eben vorbei."

Meine Argumente zählen nicht, als ich versuche, ihn davon zu überzeugen, die Behandlungen wieder aufzunehmen. Ich merke, er hat den Kampf aufgegeben. Er erzählt, dass er sich um Stiefmutter kümmern werde, solange es geht, das sei seine letzte Aufgabe, und „wenn er nicht mehr sei", werde es genug Geld geben, um Mutter zu pflegen.

So stehe ich neben meinem Vater auf dem Spielplatz, Laura und Lukas toben um uns herum und ich bin unendlich traurig zu sehen, dass mein Vater sich aufgegeben hat. Wir sprechen nicht weiter darüber, was werden soll, wenn er nicht mehr lebt. Es ist mir unangenehm, plötzlich über Geld zu sprechen, das angeblich in großen Summen vorhanden ist. Und er erzählt mir, wo der Tresorschlüssel liegt, falls mal etwas passiert. Ich weiß, es kommen große Belastungen auf uns zu, in meinem Kopf rotieren Gedanken an die Zukunft – bis zu dem Punkt, dass Stiefmutter als Pflegefall bei uns in die Dachgeschosswohnung einzieht, die wir seit Jahren schon für einen solchen Fall freihalten und nur kurzfristig vermieten. Aber mittlerweile dürfte diese Wohnung nicht mehr für sie geeignet sein, und wer außer einem Rund-um-die-Uhr-Pflegedienst sollte in der Lage sein, sie zu pflegen?

Aber vielleicht hat Vater Glück, vielleicht bricht der Krebs nicht nochmals aus.

Kein halbes Jahr später ist es doch geschehen. Der Krebs bei Vater ist zurückgekehrt. Die Ärzte schätzen die Heilungschance auf 40 % ein. Mein Vater und meine Stiefmutter nehmen sich gemeinsam das Leben, so steht es in Vaters Abschiedsbrief. Er konnte sie nicht mehr versorgen, sie wollte ohne ihn nicht mehr leben, sie wollte nicht ins Heim, wie sie immer betonte; die wahren Motive sind nur den beiden bekannt. Ob es vielleicht alles ganz anders war, das werde ich nie erfahren.

Die Staatsanwaltschaft stellt das Verfahren wegen Mordes ein. Nach den Ermittlungen handelt es sich um gemeinschaftlichen Selbstmord.

Eigentlich sollte für mich damit alles klar sein.

Der Hausbesuch (29.09.1998)

Die Trauerfeier ist vorbei, die Leichen sind auf dem Weg ins Krematorium, für sie ist gesorgt.

Wir nehmen uns wieder die unendlich lange Liste der zu erledigenden Punkte vor: Abfallwirtschaftsbetriebe, AOK, Deutsche Bank, Essen auf Rädern bis Westfälische Nachrichten ..., alle wollen sie noch darüber informiert werden, dass unsere Eltern tot sind, und überall werden mehr oder weniger komplexe Arbeitsvorgänge durch diese Information ausgelöst.

Auch der Bestatter steht wieder einmal auf unserer Liste der Kontakte. Wieder erscheint zunächst der seriöse Herr im grauen Anzug, als wir das Ladenlokal betreten. Er holt sofort seinen Mitarbeiter, der anscheinend für das Grobe zuständig ist, aus dem Hinterzimmer.

Dieser erzählt davon, was er alles sauber gemacht habe. Das gesamte Bettzeug aus dem Schlafzimmer habe er entfernt, es sei zu sehr von Blut verschmiert gewesen. Ebenso habe er auf der einen Seite die Bettvorleger weggeschmissen. So gut es ging, habe er auch die Tapeten noch gesäubert, aber alles sei nicht zu entfernen gewesen.

Eigentlich wollen wir das alles gar nicht wissen, sagen es ihm aber nicht. Wir fragen ihn, wie viel er denn „dafür" bekomme und händigen ihm die 350 DM aus, die er verlangt.

„Und übrigens", sagt er. „Im Wohnzimmer, an der Stelle, wo sich ihr Vater erhängt hat, ist unten auf dem Teppich ein großer Fleck." Es handle sich hier um Körperflüssigkeit, die aus dem Körper des Toten ausgetreten sei. Das sei aber ganz normal, denn wenn jemand tot sei, würden alle Muskeln nicht mehr arbeiten, und auch die Schließmuskeln würden ihren Geist aufgeben. Er habe alles so gut wie möglich gesäubert, aber wir sollten dringend den Teppich entfernen, denn das würde unangenehm riechen und vielleicht auch die Fliegen anlocken.

Ich werde das Gefühl nicht los, dass er einen weiteren Auftrag haben möchte – das ist mir egal, auch wenn seine Erzählung in meinem Kopf die grauenhaftesten Vorstellungen hervorgerufen hat. Wir lassen uns den Schlüssel zum Haus unserer Eltern zurückgeben und verlassen diesen unangenehmen Ort.

Es hilft nichts, wir müssen zum Haus fahren, nach dem Rechten sehen, Unterlagen aus dem Haus holen. Wie zwei Verbrecher fahren wir zum Haus unserer Eltern in den kleinen Vorort von Münster, in der Hoffnung, nicht irgendwelchen Leuten über den Weg zu laufen, die nervende Fragen stellen.

Der Briefkasten quillt über von Werbung, wir müssen einen entsprechenden Aufkleber besorgen: Werbung unerwünscht.

Ich probiere einige Schlüssel durch, bis ich den richtigen gefunden habe, der zur Haustür passt.

Unsere Eltern hatten sich eingeigelt in ihrem Haus; angefangen von den zwei Haustüren, von denen eine nach außen, die andere nach innen zu öffnen ist, über die überall vorhandene Innen- und Außenisolierung bis zu den permanent geschlossenen Fenstern, damit auch bloß keine Heizungswärme vergeudet wird.

Ein unangenehmer Mief schlägt uns nach dem Öffnen der Tür entgegen. Wir glauben zu ersticken, reißen alle Fenster und Türen auf, beschränken uns dabei aber zunächst vorsichtig auf das Erdgeschoss.

Die Uhren ticken, der Kühlschrank brummt, der Fernsehsessel mit zurückgeschlagener Decke und einer Lesebrille auf dem Beistelltisch daneben steht ganz nahe am Fernseher. Sogar die

Heizung läuft. Man könnte meinen, unsere Eltern seien nur kurz weg, auf einer Reise oder so.

Dann stöhnen wir angesichts der Unmengen an Krempel, die sich hier im Haus befinden. Hastig räumen wir die wichtigsten Sachen weg – das Obst, an dem sich bereits die ekligen Fruchtfliegen vergnügen, den kargen Inhalt des Kühlschrankes. Die Zimmerpflanzen packen wir ins Auto.

Im Wohnzimmerschrank suchen wir nach Unterlagen, aber Vater hat wohl gründlich ausgemistet. Die meisten Aktendeckel, die wir aufklappen, sind mit Jahreszahlen beschriftet, aber leer. Dann finden wir doch das eine oder andere Dokument, das uns verwundert, das Spuren legt für weitere Fragen und Nachforschungen. Anscheinend hat Vater die Vergangenheit wegschmeißen wollen – es finden sich auch nur die aktuellsten Kontoauszüge.

Wir überlegen uns, dass wir beim nächsten Mal ganz viele Umzugskartons und Müllsäcke mitbringen müssen. Da wir um 9 Uhr den ersten Termin bei einer Bank haben, schließen wir alles wieder sorgfältig ab, um uns zur Filiale der Bank hier am Wohnort unserer Eltern zu begeben.

Die Bankbesuche (29.09.1998)

Ich fühle mich mies – kaum sind unsere Eltern unter der Erde, geht es darum, was mit ihren Hinterlassenschaften passieren soll – dem Auto, dem Haus, dem Geld. Wie ein Aasgeier komme ich mir vor, der nur darauf gewartet hat, bis jemand tot ist und er sich an den Resten vergehen kann.

Die Polizei hat uns einen handschriftlichen Zettel unseres Vaters übergeben, auf dem ein paar Geldinstitute und Kontonummern notiert sind.

Deshalb habe ich für diesen Tag zu neun Uhr einen Termin mit dem Geschäftsführer der Sparkasse vereinbart, die als zweites auf der Liste steht.

Der Geschäftsführer empfängt uns in einem Hinterzimmer, anscheinend direkt neben dem Geldautomaten. Ständig hört man einen Drucker rattern oder irgendwelche Geldbomben fallen, die durch einen Schacht eingeworfen werden.

Der Geschäftsführer fragt, was mit unseren Eltern passiert sei – beide tot – ein Verkehrsunfall? Er ist uns nicht sonderlich sympathisch – Rikarda giftet ihn an, dass ihn das nichts angehe, sie seien halt tot. Unsere Nerven liegen blank.

Wir legen unsere Personalausweise vor, er liest sich eine Vollmacht unseres Vaters durch. Er fragt mich, ob ich den Tresorschlüssel dabei habe und bittet mich, den Inhalt des Tresors zu holen, während er kurz in sein Büro geht, um ein paar Unterlagen zusammenzustellen.

Als ich das kleine Tresorfach aufschließe, fällt mir eine Handvoll Sparbücher entgegen.

Der Geschäftsführer ist mittlerweile mit seinen Unterlagen zurückgekommen und hält einen Computerausdruck mit allen

Kontendaten in der Hand. Die Rede ist von Sparbriefen und Termineinlagen. Hier in diesem Institut würden aber nur Guthabenkonten geführt und seien nur Zugänge zu verzeichnen, es müsse also noch weitere Konten bei anderen Geldinstituten geben.

Auf der Computerliste steht unten eine Summe aller Guthaben und als ich die Zahl sehe, kommt es mir vor, als wenn alles um mich herum zu drehen beginnt. Wütend raunze ich den Geschäftsführer an, ob er unsere Eltern denn nie beraten habe – wie man denn solche Unsummen von Geld auf Sparbüchern mit einer Verzinsung von ein paar Prozent anlegen könne. Kühl entgegnet er, dass es der Wunsch unseres Vaters war – er wollte im Notfall eben jederzeit an das Geld herankommen können.

Getäuscht und betrogen fühle ich mich von meinen Eltern.

Letztes Jahr zu Weihnachten haben wir ihnen noch eine neue Waschmaschine gekauft, als wir von meiner Stiefmutter hörten, dass ihre alte Maschine kaputtgegangen sei, nicht mehr schleudere. So müsse sie die nasse schwere Wäsche in die uralte Schleuder, die sie wieder aus der Ecke geholt habe, umpacken und schleudern. Wir hatten immer den Eindruck, dass unsere Eltern über kein oder nur wenig Geld verfügten. Und dann dieser Schock: ein Vermögen – und wir sind erst am Anfang der Liste der aufzusuchenden Geldinstitute.

Viele Situationen spulen sich vor meinen Augen ab – wie ich in der Grundschule manchmal für Klassenfahrten kein Geld von meinen Eltern erhalte, angeblich, weil kein Geld da ist.

Es ist mir peinlich, dies meiner Lehrerin mitzuteilen. Bei kleinen Beträgen wird manchmal etwas aus der Klassenkasse für mich bezahlt, manchmal kann ich aber auch nicht mitfahren.

Später wäre der Besuch des Gymnasiums fast am fehlenden Geld gescheitert. Möglich wurde er nur durch ein intensives

Gespräch zwischen den Lehrern und meiner Stiefmutter, in dem auch die eine oder andere finanzielle Unterstützung aus irgendwelchen Finanztöpfen in Aussicht gestellt wurde.

Das wöchentliche Milchgeld habe ich manchmal aus meiner Sparbüchse bezahlt. Später: das erste Fahrrad, das erste Radio – das Geld dafür habe ich selbst verdient. Das wesentliche Argument gegen ein eventuelles Studium war wieder: Wir haben kein Geld dafür.

Selbst Jahre später, beim Bau des eigenen Hauses, hätte ich dringend Geld gebrauchen können. Ich habe nicht damit gerechnet, irgendetwas von meinen Eltern zu erhalten, habe noch nicht mal daran gedacht, danach zu fragen.

Als das Haus dann fertig war, geschah etwas, das mir wie ein großes Wunder vorkam, mich aber peinlich berührte: Meine Stiefmutter kam mit einem Briefumschlag voller Bargeld zu uns und sagte, dass es ein Anteil für unsere Küche sei, damit wir mal an sie denken, wenn sie tot ist. Es sei ein bisschen Geld, das sie sich erspart habe, wir dürften aber Vater nichts davon erzählen. Erst lehnten wir es ab, wir schämten uns, heimlich Geld anzunehmen. Als wir es dann doch annahmen, blieb ein fader Beigeschmack bei diesem Geschenk zurück.

Unsere Eltern machten in jeder Hinsicht einen eher ärmlichen Eindruck – sie leisteten sich nichts, das Haus wurde an vielen Stellen nicht mehr repariert, die Kleidung war zerschlissen, unmodisch, das Essen einfachster Art und jeder noch so unnütze Gegenstand wurde aufbewahrt. Das alles schießt mir durch den Kopf, als ich schwarz auf weiß lese, welche Unsummen an Geld die beiden besitzen.

Der Geschäftsführer sagt, dass er uns noch kein Geld auszahlen könne; wir müssten erst das Testamentseröffnungsprotokoll des Nachlassgerichtes beibringen. Wir sollten uns aber überlegen, wie wir die Gelder und Sparverträge unter uns aufteilen wollten, da einige Verträge nicht teilbar seien und deswegen als Ganzes zu übernehmen wären.

Völlig geschockt und enttäuscht verlasse ich die Sparkasse. Mich ekelt vor dem vielen Geld. Es ist mir ein Rätsel, wo soviel Geld herkommen kann – alles vom Mund abgespart, auf alles verzichtet, Lottogewinn, Erbschaft? Und das soll jetzt alles uns in die Hände fallen, mit dem Wissen, dass sich wahrscheinlich unsere Eltern jeden Pfennig vom Mund abgespart haben?

Eine Dokumentation über ihr Vermögen haben unsere Eltern nicht angelegt. Nur ein paar Spuren sind gelegt – hier eine Einzahlungsquittung, da ein Schmierzettel mit ein paar Namen von verschiedenen Banken.

Bei jeder der Banken das gleiche Spiel: die Vollmacht vorzeigen, der Angestellte verschwindet in einem Hinterraum, kommt mit einem Computerausdruck aller Konten und Guthaben zurück. Jedesmal wieder ein neuer Schock über die Unsummen, die zu lächerlichen Zinsen angelegt sind.

Vater hatte wohl keinen Überblick über seine Gelder – oder es interessierte ihn nicht besonders. Dann wie bei der Aufteilung der Beute: Die Geldbeträge auf den Konten werden auf meine Schwester und mich aufgeteilt – Quoten sind zu berücksichtigen, manchmal wird gleich ein Angebot für eine Geldanlage unterbreitet.

Abends dann die Dokumentation am Computer: Welche Konten sind dazugekommen, welche Guthaben befinden sich auf ihnen und wie sind sie aufgeteilt worden zwischen meiner Schwester und mir? Welche Kosten sind zu berücksichtigen?

Allmählich geht das Gefühl für Geld verloren.

Die Information der Hinterbliebenen

Wir haben die Öffentlichkeit mit einer Todesanzeige informiert. Die, die weiter weg wohnen, wollen wir noch mit Trauerkarten benachrichtigen.

Es ist nicht viel an Informationen, was wir über die Verwandten oder sogenannten Hinterbliebenen unserer Eltern wissen oder im Haus gefunden haben. Sie haben sehr zurückgezogen gelebt, die Namen und Adressen, die ich aus den Unterlagen zusammentrage, passen auf eine knappe Seite. Es sind die paar noch lebenden Geschwister, ein paar alte Kontakte aus der Krankenschwesterntätigkeit meiner Stiefmutter. Die meisten Personen kenne ich nicht, manche nur vom Namen her.

Nur bei dem einen oder anderen kann ich mich daran erinnern, dass wir ihn mal besucht haben, als wir Kinder waren. So eine alte Frau, die seit Jahren in einem Pflegeheim in Tecklenburg wohnte. Wenn man ihr Krankenzimmer betrat, war die alte Frau immer verborgen unter einem Berg von dicken Kissen, es roch unangenehm muffig, man konnte sie kaum verstehen, wenn sie sprach.

Vor jedem Besuch wurde mir zu Hause schon schlecht. Vater lieh sich einen Opel Kadett von seinem Arbeitgeber, in dem es ganz eklig nach kaltem Zigarettenrauch und dem Kunststoff der Sitze roch. Eigentlich hielt ich die ganze Fahrt über eine Plastiktüte vor dem Mund, bereit zum Kotzen. Im Sommer klebte ich mit den nackten Beinen an den Kunststoffsitzen fest und spätestens, wenn das Auto sich eine halbe Stunde die Berge hochgeschaukelt hatte, wurde ich still und füllte die Kotztüte.

Sonst ist mir nicht viel Bleibendes in Erinnerung geblieben von unseren familiären Außenkontakten.

Zehn Trauerkarten reichen aus, um alle zu informieren, die auf der Liste stehen. Handschriftlich kritzeln wir ein paar Zeilen hinein und legen eine Kopie der Traueranzeige dazu.

Nach einigen Tagen tatsächlich ein paar Reaktionen, aber alle schriftlich. Meistens diese Standardkarten mit dem aufgedruckten „Aufrichtige Anteilnahme". Eine Frau schickt eine Beileidskarte mit 30 DM und der Bitte, ein paar Blumen auf das Grab zu legen.

Insgesamt sind die Reaktionen der Mitmenschen eher enttäuschend. Der Tod ist immer noch ein Tabuthema, der Selbstmord ein Megatabuthema. Dabei wären ein paar Worte wirklich hilfreich, würden einem ein bisschen Kraft und Rückhalt geben. So steht man allein da, völlig fertig und leidend unter der Situation. Und wenn dann selbst das immer so christlich scheinende Nachbarpaar lieber über die bevorstehende Kindergartenfeier redet, sich noch nicht einmal ein „herzliches Beileid" herausquetscht, obwohl sie alles mitbekommen haben, dann schmerzt das um so mehr.

Enttäuschend, wie manche Leute nicht die geringste Reaktion zeigen, erwarten, dass man zur Tagesordnung übergeht, in keiner Weise akzeptieren und respektieren, dass man überhaupt nicht in der entsprechenden Verfassung ist. Haben sie Angst? Wissen sie nicht, wie sie reagieren sollen? Ihr Schweigen, ihre Ignoranz tut weh.

Natürlich gibt es den einen oder anderen Telefonanruf, das eine oder andere tröstende Gespräch. Aber das kommt mir wenig vor angesichts des Schocks, unter dem ich stehe.

Überrascht werde ich plötzlich von Personen, von denen ich überhaupt keine Reaktion erwartet hätte. Ein Ehepaar, mit dem Birgit und ich vor längerer Zeit das eine oder andere Mal etwas unternommen haben, bis wir merkten, dass wir nicht zusammen passten, schreibt uns eine Karte, die nicht mit der üblichen

„Aufrichtigen Anteilnahme" bedruckt ist. Immer wieder, wenn ich diese Karte lese, treiben mir die Worte die Tränen in die Augen. Sie scheinen die Situation erfasst zu haben.

Münster, 12. Oktober 1998

Lieber Michael, liebe Birgit, lieber Lukas und liebe Laura,

zum Tode Eurer Eltern und Großeltern möchte ich Euch unsere aufrichtige Anteilnahme aussprechen.
Bernadette
*   mit Familie.*

Als ich letzte Woche Eure wunderschöne Annonce las, war ich zutiefst erschüttert und bin es noch. Aus den Gesprächen mit Birgit, die mir viel Kraft gegeben haben, hatte ich entnommen, mit wieviel Würde, Tapferkeit und Zuversicht Euer Vater seine Krankheit trug. Wie selbstverständlich, wenn es auch unrealistisch gewesen sein mag, war ich davon ausgegangen, dass er „es schafft". Nun hat er es in anderer Weise geschafft, er hat zusammen mit Eurer lieben Mutter den Berg bestiegen, der uns noch Mühe macht, wie es so schön heißt.
Gottes Gnade und Barmherzigkeit möge in ewigem Frieden über ihnen leuchten!
Euch wünsche ich Kraft und Trost und wenn ich etwas zu Eurem Trost beitragen kann, möchte ich das gerne tun.
Bei Birgit bedanke ich mich für die schönen Gespräche und jedes freundliche Winken vom Fahrrad!

In der näheren Nachbarschaft unserer Eltern suchen wir das ältere Ehepaar auf, das bemerkt hatte, dass sich die Zeitungen vor dem Haus unserer Eltern stapelten.

Sie sind immer noch die einfach gekleideten Leute, die uns die Tür öffnen und uns merkwürdigerweise sofort erkennen, ob-

wohl sie uns wahrscheinlich als Jugendliche das letzte Mal gesehen haben. Es sprudelt nur so heraus aus den beiden, wie sie
die Dinge erlebt haben, und als sie die Vornamen unserer Eltern in den Mund nehmen, rollt die eine oder andere Träne des
alten Mannes hinter der klobigen Brille mit den dicken Gläsern
hervor.

Plötzlich sind sie auch bei der persönlichen Betroffenheit, dem
Sohn, den sie in Berlin durch Selbstmord verloren haben. Und
einer stellt die Frage warum, und der andere sagt: Wir werden
es nicht beantworten können. Das ist jetzt zwanzig Jahre her
und es tut ihnen immer noch weh.

Die Urnenbestattung (06.10.1998)

Irgendwann kommt der Anruf des Bestatters. Die Urnen seien vom Krematorium zurück. Wann denn der Termin für die Urnenbestattung sein solle? Rikarda und ich sprechen uns wegen eines Termins ab. An dieser letzten zeremoniellen Handlung wird kein Pastor, werden keine sonstigen Personen mehr teilnehmen.

Wir sind unter uns. Wir besorgen vier Rosen. Wir treffen uns auf dem Friedhof, müssen erst das riesige Gelände zur Friedhofsverwaltung überqueren. Dort erhalten wir eine Information und eine Lagebezeichnung, wo wir das offene Grab finden. Zuletzt noch der Hinweis: Das Grab ist nur bis 14:30 Uhr geöffnet, denn es wird früh dunkel jetzt im Herbst und die Friedhofsgärtner müssen das Grab schließlich noch zuschütten.

Es ist menschenleer auf dem Friedhof und nach einigem Suchen und Umherirren finden wir das offene Grab. Zwei Erdhügel sind rechts und links neben dem Grab aufgeschüttet, bedeckt mit ein paar Tannenzweigen. Zwei kleine Schaufeln, die mich sofort an die Kinderspielzeuge aus unserem Sandkasten erinnern, stecken in der Erde. Unten auf dem Grund des Grabes, den ich mir wesentlich tiefer vorgestellt hatte, zwei messingfarbene Urnen. Wir werfen die Rosen in das Grab, halten ein bisschen inne am schwarzen Loch, stehen gedankenverloren und stumm um das Loch herum, benutzen schließlich die kleinen Schaufeln.

Nur Laura scheint nichts zu verstehen, sie albert und hampelt herum. Das ist das Leben, es geht einfach weiter.

Wir haben es vor 14:30 Uhr geschafft, fahren wieder nach Hause.

Das Hausaufräumen

Die wichtigsten organisatorischen Dinge sind mehr oder weniger erledigt. Die Toten sind versorgt. Jetzt geht es daran, das ehemalige Elternhaus leerzuräumen, sich gedanklich damit zu beschäftigen, dass wir es wohl verkaufen werden, auch wenn Rikarda das im Moment noch ein bisschen anders sieht und überlegt, ob sie nicht selbst einzieht.

Jedes Mal, wenn wir das unbewohnte Haus betreten, das gleiche Spiel: den mit Werbung vollgepfropften Briefkasten leer räumen, die zwei Haustüren aufschließen und dann erst mal alle Fenster aufreißen. Ich habe das Gefühl, in diesem Muff zu ersticken. Zimmer für Zimmer gehen wir durch, entleeren die Schränke: In die Müllsäcke kommt das Zeug, das wir selbst nicht behalten wollen und von dem wir uns auch nicht vorstellen können, dass ein anderer dafür noch Verwendung hat. In den mitgebrachten Umzugskartons wird der Rest aufgeteilt: Sachen für Rikarda, für mich, und der noch verwendbare Rest gelangt in gesonderte Kartons. Mit unseren Autos fahren wir die Kartons nach Hause und zur Kirchengemeinde, die passend jetzt im Herbst einen Flohmarkt veranstaltet. Irgendwann winkt aber die Organisatorin des Flohmarktes ab, es sei genug, und wir fahren daraufhin noch ein paar Kartons zum Tierheim, von dem wir wissen, dass dort auch mehrmals im Jahr ein Flohmarkt veranstaltet wird.

Manchmal erleben wir doch die eine oder andere Überraschung. Im kleinen Esszimmerschrank finden wir ein Geheimfach, aus dem uns zwei Eheringe meines Vaters und seiner ersten Frau, meiner leiblichen Mutter, entgegen fallen. Außerdem liegt dort ein Umschlag mit Fotos, die so gar nicht in die Welt unserer Eltern passen – ich kann sie nicht zuordnen. Unter einem anderen Schrank auf dem Fußboden eine Schatulle mit Briefen unserer Eltern – wer hat sie hier auf den Boden gestellt?

Beim Wegschmeißen der Einmachgläser und des sonstigen Krempels aus den Kellerregalen fällt mein Blick auf eine Plastiktüte, die bereits im Müllsack liegt. Intuitiv sehe ich noch mal hinein und es fällt uns ein Bündel Hundertmarkscheine entgegen.

Jedes Mal, wenn der Termin für die Sperrmüllabfuhr ist, wird eine Unmenge an Möbeln und Kleinteilen aus allen Wohnräumen, dem Dachboden und den Kellerräumen zusammengesucht und an die Straße gestellt. Doch wir haben nicht den Eindruck, dass der Krempel im Haus wesentlich weniger wird. Es ist schon eine merkwürdige Vorstellung, dass die Sachen, die wir jetzt wegschmeißen, bis vor kurzem noch die täglichen Begleiter im Leben unserer Eltern waren.

Unsere Kinderzimmer sind immer noch so eingerichtet, wie wir sie vor zwanzig Jahren verlassen haben – es muss alles weg.

Nachdem die A-Aussortierung stattgefunden hat nach den Kriterien: was wollen wir selbst behalten, was ist absoluter Müll, versuchen wir einzelne Möbelstücke zunächst über Zeitungsanzeigen zu verkaufen. Das Interesse ist gering – ein Gefrierschrank lässt sich verkaufen, ein Fahrradanhänger, die Fahrräder, das Auto, ein 100-Liter-Wasserfass – dann ist Schluss. Jedes Mal pendele ich zwischen meinem Haus und dem ehemaligen Elternhaus hin und her, aber es bringt nichts.

Dann der Versuch einer Hauruck-Aktion. Wir entschließen uns, eine Haushaltsauflösung in den beiden Münsteraner Tageszeitungen anzukündigen. Bei der einen Zeitung gerate ich wieder an die gleiche unfreundliche Mitarbeiterin wie schon einmal vor längerer Zeit. Als ich ihr den Anzeigentext vorlese, muffelt sie mich an, dass ihr Unternehmen derartige Anzeigen nicht mehr annimmt, da sich zu oft damit jemand einen üblen Scherz erlaubt habe. Ich sehe sie groß an, versuche noch, mit ihr zu diskutieren, merke dann aber, dass mich so eine Kleinigkeit im Moment zu sehr aufregt und verlasse völlig sauer das Ladenlokal. Ich versuche es bei der Konkurrenz. Hier habe ich keine Probleme. Ich gebe in der Tageszeitung eine Annonce auf mit der Ankündigung einer Haushaltsauflösung am nächsten Samstag um 10 Uhr.

Als wir am Samstagmorgen kurz vor 10 Uhr an unserem Elternhaus vorfahren, ist die ganze Straße zugeparkt. Als wir die Haustür aufschließen, klappen Autotüren zu und hektisch stürzen Unmengen von Menschen an uns vorbei in das Haus hinein. Aber auch diese Aktion ist nicht von Erfolg gekrönt. Ein kleiner Schreibtisch, an dem ich früher Schularbeiten gemacht habe, ein paar Gartengeräte, ein Teppich, ein Thermometer, eine alte Nähmaschine und ein Radio aus den 50er Jahren gehen für ein paar Mark weg. Ansonsten die üblichen Kommentare: Nichts Brauchbares, und wenn ich schüchtern ein paar Mark für den einen oder anderen Gegenstand fordere: zu teuer.

Einer will sich die in der Garage aufgestapelten Müllsäcke mitnehmen, was ich nur mit Mühe verhindern kann. Er versucht es noch mit Argumenten, dass ich mir dann die Arbeit des Abtransports sparen könne – irgendwann lässt er auch davon ab und ich verschließe die Garage. Ich habe das Gefühl, von Aasgeiern umgeben zu sein.

Also entschließen wir uns zur B-Sortierung. Wir rufen verschiedene soziale Organisationen und Möbeltrödler an, ob sie nicht Interesse an geschenkten Einrichtungsgegenständen haben. Tatsächlich kommt der eine oder andere, rast durch das Haus, sieht sich die Sachen an und gibt für uns schmerzliche Kommentare ab wie: „alles Schrott" und schließt mit dem stillen Vorwurf, wie man ihm die Zeit mit solchem Krempel stehlen könne.

Nur einmal gibt es ein etwas erfreuliches Erlebnis bei der Weiterverwendung der Einrichtungsgegenstände unserer Eltern. Eine Mitarbeiterin der Caritas ruft an und erzählt, dass sie gerade eine Aussiedlerfamilie betreut, die sich eine neue Wohnung einrichtet und dafür noch dies und das sucht.

Als das Ehepaar aus Russland das Haus betritt und ich sage, sie könnten sich aussuchen, was sie haben möchten, sind sie völlig aus dem Häuschen: „Alles geschenkt?", fragen sie immer wieder. Und dann kommt die Gier: Sie möchten eine riesige Schrankwand aus dem Wohnzimmer, einen kleinen Esszimmerschrank, Teppiche, Radios und Lampen mitnehmen. Doch irgendwann werden sie von ihrer Caritas-Betreuerin gebremst: wo sie das denn alles lassen möchten – sie haben doch nur eine Zweizimmerwohnung zur Verfügung. Es bereitet den Russlanddeutschen dann anscheinend Probleme, sich wieder zurückzunehmen, nochmals zu selektieren. Nachdem sie sich für den kleinen Esszimmerschrank, einen Teppich, eine Lampe und ein Radio entschieden haben, fragen sie nochmals nach: „Alles geschenkt?"

Und wieder nicke ich und merke, sie freuen sich riesig darüber. Sie sagen, dass sie es mir später bezahlen würden. Ich sage, dass ich nichts dafür haben möchte, dass sie mich aber mal zu sich in ihre neue Wohnung einladen können, wenn denn mal alles fertig ist.

Ich hätte mich sicherlich über eine Einladung gefreut, doch die Caritas-Betreuerin drängt zum Aufbruch – es werden keine Adressen ausgetauscht, sondern es wird nur ein Termin für den Abtransport der Möbel vereinbart. Trotzdem tut es gut, wenigstens mit der einen oder anderen Kleinigkeit jemanden eine Freude gemacht zu haben.

Geschenkt will also auch keiner die Sachen haben. Jetzt sind wir am Ende des Aufräumprozesses angelangt, es kommt die C-Sortierung. Wir sind innerlich so weit, dass wir die restlichen noch verbliebenen Sachen auf den Müll werfen werden.

Es wird von einem Abbruchunternehmen ein großer gelber Container an die Straße gestellt, den wir bis oben füllen. Wir sind jetzt auch nicht mehr zimperlich mit den Klamotten. Kleinmöbel werden so aus dem Fenster geschmissen, dass sie mit einer Ecke auf dem Boden auftreffen und sie dadurch in viele Einzelteile zerfallen. So passt wenigstens einiges mehr in den Container hinein.

Nur die ganz großen Sachen sind jetzt noch dran – die Schrankwand im Wohnzimmer, ein paar Schränke in den Kinderzimmern, die Betten. Wir wollen sie stehen lassen für die noch zu suchenden neuen Eigentümer des Hauses. Nicht, dass wir uns nicht davon trennen könnten, aber wir sind ziemlich am Ende unserer Kräfte und wollen uns die Arbeit sparen.

Und irgendwie haben wir doch noch die Hoffnung, dass vielleicht der eine oder andere Gegenstand noch seine Verwendung findet. Klar, es sind nur Gegenstände und sie müssen einfach weg, aber wir haben doch das merkwürdige Gefühl, dass unsere Eltern mit diesen Sachen verbunden sind, vielleicht auch vielen Sachen hingen, und jetzt ist das alles Müll.

Als wir das Haus nach der vorläufig letzten Aufräumaktion schließen, bekommt meine Schwester plötzlich Atemprobleme. Sie meint, keine Luft mehr zu bekommen, doch tatsächlich hyperventiliert sie, sie ringt nach immer mehr Luft, versucht immer mehr in sich hineinzuziehen. Ich versuche sie zu überzeugen, dass sie mehr ausatmen muss, am besten erst mal ihren Atem anhält – aber das kann wohl jemand, der in dieser Situation ist, nicht verstehen. Erst als ich sie zu ihrem Arzt fahre und dieser das gleiche erzählt, wird sie allmählich ruhiger.

Sie hat die Situation noch nicht verarbeitet, genauso wenig wie ich, allmählich bricht es aus dem Körper heraus – er lässt sich nicht länger durch Aktivitäten und Hektik ablenken.

Die Tagesordnung

Zwei Menschen sind verstorben
der Abwicklungsprozess ist organisiert
sie werden
weggeräumt
beschlagnahmt
freigegeben
in Kisten versteckt
verbrannt

Zwei Menschen sind gestorben
wo war der Abschied von ihnen
wo sind die tröstenden Worte
wo die Betroffenheit
der anderen
meine
mit mir

Zwei Menschen sind tot
man kauft Urnen aus dem Regal
wie die Stereoanlage im Kaufhaus
man redet über austretende Körperflüssigkeiten
wie das Schwitzen nach dem Sport
man schickt Karten mit 30 Mark
wie einen netten Geburtstagsgruß

Zwei Menschen sind weg
es warten die Aasgeier
es warten die Abwickler
es warten die Geschäftemacher

Zwei Menschen
haben viel hinterlassen
das es zu regeln gilt

Zwei
Worte

Tabuthema

Tagesordnung

Der Hausverkauf

Während des Aufräumens im Haus kommt mit Rikarda das Gespräch darauf, was wir mit dem Haus machen sollen. Sie redet öfter davon, dass sie sich vorstellen könne, in das Haus einzuziehen. Doch im Laufe der Zeit rückt sie immer mehr davon ab. Das Haus ist durch die Vorgeschichte der Eltern, die sich hier umgebracht haben, eine ziemliche Belastung für sie.

Je mehr man in die Ecken sieht beim Aufräumen, desto mehr sieht man auch, was alles investiert werden muss, um das Haus wieder einigermaßen in Schuss zu bekommen.

Nachdem ich die riesigen Geldbeträge auf den Konten gesehen habe, ist mir völlig unerklärlich, warum meine Eltern jahrelang nichts mehr in das Haus investiert haben. Die elektrischen Leitungen sind zum großen Teil zweiadrig, sämtliche Tapeten und Fußböden hätten seit Jahren schon ausgetauscht werden müssen. Das Badezimmer, in dem es wohl mal einen Rohrbruch gegeben hat, ist eine Zumutung an Flickstellen und abgenutzten Sanitäreinrichtungen.

Ich will hier auf keinen Fall einziehen, Birgit und ich haben uns ein eigenes Haus erbaut. Das Haus vermieten geht so nicht, dafür ist der Zustand zu schlecht. Ich habe weder Zeit, Lust noch Kraft dafür übrig, um es wieder in Schuss zu bringen und anschließend an irgendwen zu vermieten.

Irgendwann stimmt auch Rikarda dem Verkauf zu. Über Chiffreanzeigen in den Tageszeitungen erhalten wir Unmengen an Zuschriften von Interessenten. Die Hälfte davon sind allerdings Zuschriften von Maklern, die wir nicht berücksichtigen wollen. Doch gerade diese Makler erweisen sich als die nervigsten und unverschämtesten Zeitgenossen. Eine Woche nach Erscheinen der Anzeige erhalten wir bereits die nächsten Briefe – von einigen Maklern mit der eindringlichen Frage formuliert, warum wir uns denn immer noch nicht bei ihnen gemeldet haben.

Einer scheint durch Nachbarn oder andere Quellen in Erfahrung gebracht zu haben, wem das Haus nach dem Tod unserer Eltern gehört. Jedenfalls finde ich bei mir zu Hause irgendwann im Briefkasten eine Zuschrift von einem Makler, der sich anbietet, das Haus in unserem Auftrag zu verkaufen. Wir reagieren natürlich nicht darauf.

Es war eine gute Entscheidung, in der Annonce für den Hausverkauf nicht unsere Telefonnummer anzugeben – unerwünschte Anrufe wären eine unnötige Nervenbelastung, die ich jetzt nicht gebrauchen kann.

Aus dem Berg der Briefe die Interessenten auszusieben, von denen wir meinen, dass sie die richtigen für das Haus sein könnten, ist gar nicht so einfach. Wir stellen uns Leute vor, die vielleicht als Familie eine Beziehung zu dem Haus aufbauen könnte und nicht irgendwelche Spekulanten, die ein Schnäppchen machen wollen.

Mehrere Wochenenden sitzen wir in dem Haus, um verschiedenen Interessenten die Chance zu geben, sich das Haus von innen anzusehen. Einige erscheinen zu dem Termin gar nicht erst – vielleicht weil sie vorher schon mal an dem Haus vorbeigekommen sind und es von außen schon zu abschreckend auf sie wirkte.

Manch ein Kommentar zum Haus trifft wie ein Schlag mitten in die Magengrube: alles Schrott, völlig heruntergekommen. Natürlich, man kann das ganz nüchtern als Versuch sehen, den Kaufpreis zu drücken. Doch es tut weh, das eigene Elternhaus so bezeichnet zu hören, auch wenn es in vielerlei Hinsicht zutrifft.

Wir hatten einen Gutachter beauftragt, einen Marktwert für das Haus zu ermitteln. Der Preis erschien uns auch nachvollziehbar. Allerdings ist keiner der Interessenten bereit, auch nur annähernd so viel Geld zu zahlen. Ein Zocker aus der unmittelbaren Nachbarschaft des Hauses bietet gar nur die Hälfte des von uns gewünschten Preises – und trotzdem bleiben wir schön höflich und freundlich, obwohl wir ihn eigentlich vor die Tür setzen müssten.

Wir haben vorher beschlossen, das uns der Preis nicht das Wichtigste ist, sondern das Gefühl, dass das Haus in die richtigen Hände gerät.

Am Ende bleiben zwei Ehepaare übrig, die bereit sind, einen einigermaßen akzeptablen Preis zu zahlen und die ein starkes Interesse haben. Mehrere Male wollen sie das Haus von innen sehen, immer wieder neue Bekannte, Eltern, Architekten bringen sie zur Unterstützung mit.

Ein Ehepaar hat sogar noch weiteres Interesse an alten Schränken und Gartenmöbeln – was das endgültige Leerräumen des Hauses wesentlich einfacher gestalten würde. Irgendwann kommen sie mit ihren beiden kleinen Töchtern vorbei. Die Töchter bekommen ihre zukünftigen Kinderzimmer gezeigt, die die ehemaligen Kinderzimmer von Rikarda und mir sind. Sie diskutieren darüber, wer in welches Zimmer will. Es schnürt mir den Hals zu. Mir ist mit einem Mal klar: Deine Zeit in diesem Haus ist abgelaufen. Unter Tränen sehe ich aus dem Fenster meines damaligen Kinderzimmers – natürlich, die Wiesen, die sich damals hinter unserem Garten anschlossen, gibt es nicht mehr, aber trotzdem sind sie mir immer noch vor Augen. Manchmal, wenn ich in meinem jetzigen Haus morgens aus dem Halbschlaf erwache, glaube ich, ich könne mit einem Blick aus dem Fenster wieder die Bilder mit der großen Weite der Wiesen und Wälder sehen. Daran denke ich, als ich vor dem Fenster stehe. Ich weiß, es ist alles vorbei und durch meine Tränen hindurch sehe ich sowieso keine Wiesen mehr – nur noch Kleingärten, viele Lagerhallen und Bürogebäude. Der Wald ist auch schon seit Jahren weg.

Eine Wiese ist mir in Erinnerung, wie ich mit Nachbarjungen darauf gespielt habe, wie Unmengen von Hühnern darauf schon früh morgens eifrig nach Würmern oder anderem Futter scharrten und wie Vater einmal einen riesigen Fehler machte, als er im Hochsommer meinte, er müsse ein paar Pappkartons auf der Wiese verbrennen. Das Ende war, dass das knochentrockene Gras der ganzen Wiese hinterher in Flammen stand. Viele Nachbarn mit Schaufeln versuchten, das Feuer einzudämmen, aber der Wind entfachte es immer von neuem. Schließlich kam die Feuerwehr, um den Brand endgültig zu löschen.

Ich habe noch Vaters Gesicht vor Augen, wie peinlich ihm das war und mit wie viel Energie und Wut er im dichten Qualm stehend mit einer Schaufel versuchte, das sich immer weiter ausbreitende Feuer zu bändigen. Meine Stiefmutter machte dann zu Hause abends auch noch richtig Druck – wie man so blöd sein könne, und dass man jetzt eine Menge Geld für den Feuerwehreinsatz zum Fenster hinausschmeißen müsse. Und Vater war völlig erschöpft, deprimiert und kämpfte anscheinend mit einer kleinen Rauchvergiftung.

Ich weiß, dass der Abschied von diesem Haus bevorsteht. In den nächsten Tagen fahre ich immer mal wieder vorbei. Mir ist klar, dass es nicht mehr lange dauern wird, dann habe ich kein Recht mehr, dieses Haus zu betreten.

Ich gehe durch den wieder in Blüte stehenden Vorgarten, bemerke das Unkraut, das sich mittlerweile durch die Fugen der Waschbetonplatten zwängt.

Vater war ein Gartenfan, so hätte es nie ausgesehen, wenn er noch leben würde.

An der Haustür wieder das übliche Problem. Zu welcher der zwei Haustüren gehört welcher Schlüssel und welche Tür öffnet sich zu welcher Seite? Schon nach dem Öffnen der ersten Tür schlägt mir der übliche Muff entgegen.

Links im Flur des Erdgeschosses befindet sich das Gäste-WC. Nach einem Rohrbruch musste dieses kleine Zimmer neu gefliest werden. Das war eine der wenigen Situationen, in denen Vater mich um etwas gebeten hat. Er fragte, ob ich nicht die Wände neu fliesen könnte. Er hatte anscheinend viel Vertrauen, mir diese Aufgabe zu geben, denn schließlich hatte ich wochenlang in unserem eigenen Haus die Böden und Wände verfliest. Ich warf mich voll ins Zeug für ihn, versuchte, noch ein paar Besonderheiten in Form roter Abschlusskanten zu verlegen. Aufgrund seiner Sparsamkeit hatte Vater aber auf den Quadratmeter genau die Anzahl der Fliesen berechnet, vielleicht maximal drei Fliesen mehr als Reserve für den Verschnitt. Als dann zum Schluss der Verlegearbeiten doch ein paar fehlten, konnte man die Fliesen nicht mehr vom gleichen Brand bekommen – so zeigten sich am Ende bei genauem Hinsehen an einer Wand kleine Farbunterschiede. Vater und Stiefmutter beteuerten aber, dass sie das nicht sehen würden – vielleicht stimmte es sogar.

Auch von der erneuten Montage des kleinen Waschbeckens konnte ich meine Eltern nicht abbringen, es musste wieder angehängt werden. Eigentlich war das kleine Ding doch zu groß für das kleine Gäste-WC. Vater hatte extra an einer Stelle der Zimmertür ein Stück der Kante abgehobelt, damit die Tür an dem Waschbecken vorbei zu öffnen war. Auch alles andere musste wieder an seinen Platz – der Wasserhahn mit einem langen Schlauch daran, weil das Waschbecken zu tief oder der Wasserhahn zu hoch montiert war und sich sonst das plätschernde Wasser auf dem Fußboden verteilen würde – die dunkle Lampe mit einer runden Kuppel aus Milchglas.

Aber irgendwann, als dann alles fertig war, waren sie doch ein bisschen stolz auf diesen Raum, der jetzt der Schönste des Hauses ist, wie sie immer beteuern. Ich glaube, Stiefmutter meinte das ernst, als sie dann nach getaner Arbeit wie in früheren Zeiten ein paar Butterbrote für mich schmierte als Entschädigung für die geleistete Arbeit.

Irgendwann nahm ich die Videokamera mit und ging mit ihr filmend durch das ganze Haus. Als ich den Film später ansehe, finde ich ihn ganz beklemmend: leere, dunkle Zimmer – dieses Haus ist tot. Zwei batteriebetriebene Wanduhren, die ich schon immer ganz schrecklich fand, höre ich im Film. Diese Uhren machen nicht dieses typische Geräusch, das man üblicherweise mit „Tick-Tack" umschreibt. Das Ticken der Wohnzimmeruhr inspiriert mich zu den Sätzen: „Wieder eine Sekunde weg. Wieder eine Sekunde weg." Es ist ein ständiges Langsam- und Schnellerwerden der Innereien dieser Uhr. Wenn ich die Sätze höre, bemerke ich bei dem Wort „wieder" eine zeitliche Beschleunigung, die abrupt mit dem Satzende abbricht und eine kleine Pause einlegt.

Im Wohnzimmer stehen die alten Sessel aus den fünfziger Jahren, schwer zu bewegen, irgendwann in den Siebzigern einmal neu bezogen. Ich blicke auf den riesigen Wohnzimmerschrank aus braunem Mahagoni – dieser Schrank wird sich weigern, das Haus zu verlassen.

Vom Wohnzimmer aus öffne ich die Tür zur Veranda. Gartenstühle, ein kleiner Tisch, ein kleines Kofferradio mit einer langen Verlängerungsschnur, ein paar kitschige Figuren auf einer Ablage – trotzdem irgendwie gemütlich, wenn die Sonne in diesen winzigen Raum scheint.

Nach dem Öffnen der Verandatür trete ich auf die Terrasse mit den immer wackligen Bodenplatten. Tausendmal hat Vater geflickt und repariert, aber immer wieder froren die Platten hoch, und man ging wie auf Eiern über die mit Koniferen eingefasste Fläche.

Es ist ruhig in diesem verschlafenen Vorort – hier lebt eine langsam aussterbende Generation alter und sehr alter Menschen. Nur ganz verzagt übernimmt eine jüngere Generation bei dem einen oder anderen Haus die Regie.

Ein paar Blumentöpfe stehen noch am Rande der Terrasse und mein Blick fällt sofort auf einen, in dem ein paar vergammelte Zigarettenkippen liegen. Anscheinend schleichen schon irgendwelche Leute um das Haus herum. Der Blick von der Terrasse fällt in den akkurat gepflegten Garten. Zwar wuchert das Unkraut mittlerweile, aber es ist immer noch die geradlinige Planung des Gartens durch Vater zu erkennen: die Flächen mit Gründüngung, die mit Gemüse bepflanzten Beete, die Zierbeete. Sogar zwei Obstbäume, gestützt durch zwei dicke Holzpfähle, sind noch vor kurzem von ihm angepflanzt worden.

Ich gehe zurück in die Küche. An der Wand hängt die Küchenuhr, die durch die Zeit zu rasen scheint. Der Spruch, den ich höre, ist bei dieser Uhr ein anderer als bei der Wohnzimmeruhr: „Und schneller. Und schneller."

Massive stabile Küchenstühle stehen hier, handgefertigt in den fünfziger Jahren – ein Küchentisch, bei dem das Muster auf der grauen Tischplatte völlig weggescheuert ist bis auf den Rand zur Fensterbank hin, wo es vielleicht nicht so oft notwendig war zu putzen. Die Küchenfenster sind milchig blind, nicht verschmutzt, sondern altersblind und müde. Vor dem Küchenfenster steht ein altes Vogelhäuschen, dessen Anblick mit den Tieren Stiefmutter immer so interessant fand. Der Futterteller ist schon lange leer gefressen und mit einem Faden am Häuschen festgebunden, damit er nicht vom Wind weggeweht wird. Der Elektroherd ist ein Schmuckstück – eigentlich gehört er in ein Museum.

Ich gehe hinab in den Keller. Es steigt sofort der Geruch des Linoleums in meine Nase, der auf den viel zu schmalen Treppenstufen verlegt ist. Ich halte mich an dem Geländer, einem einfachen, gebogenen Eisenrohr fest – wie früher. Damals immer mit der Angst im Nacken, abzustürzen, auf dieser kleinen

Treppe, um Staubsauger, Besen und andere Dingen herum balancierend, die an der Wand an Haken befestigt waren.

Der Keller ist niedrig, gerade zwei Meter hoch, eigentlich hoch genug für mich und trotzdem ziehe ich meinen Kopf ein. Eine fürchterliche Arbeit muss es gewesen sein, ihn mit Schaufel und Spaten in diesem lehmigen Gebiet auszuschachten.

Es wurde hier kaum etwas verändert: Es gibt noch den Wäschekeller mit zwei abgemauerten, viel zu hohen Becken und den Kohlenkeller, ebenfalls mit Mauern von einem Teil des Kellers abgetrennt. Einen großen Bereich des Kellers nimmt Vaters Werkzeugkeller ein: ein riesiges Durcheinander von Werkzeugen und Kleinkram untereinander und übereinander in unzähligen verschiedenen Schränken, Regalen und Schubladen verstaut.

Ich gehe noch einmal in die erste Etage – das fällt mir immer noch am schwersten. Rechts das Badezimmer – eine einzige Zumutung. In dem vielleicht zwei mal drei Meter großen Raum ist jeder Flecken belegt. Zwei riesige Warmwasserboiler hängen an der Wand – einer noch aus alten Zeiten, über den Warmwasserkreislauf der Heizung zu betreiben, und daneben ein elektrischer Boiler. Unter der Schräge eine abgewetzte Badewanne, dahinter, auch unter der Schräge, aber noch zusätzlich in einer Nische eine Toilette, über die sich jede Hausfrau freuen würde – denn keinem Mann gelingt es hier, im Stehen zu pinkeln. Es hat Wasserrohrbrüche gegeben – Vater hat dann der Einfachheit halber die neuen Kupferrohre auf den Fliesen verlegt.

Ich werfe noch einmal einen Blick in mein ehemaliges Kinderzimmer – in den zwanzig Jahren ist die alte Einrichtung nicht verändert worden, so als wäre ich gestern ausgezogen und würde nächste Woche wiederkommen. Die Wände des Zimmers sind immer noch mit der großgemusterten Tapete aus den siebziger Jahren beklebt und im Bett liegt die orangerote

Schaumgummimatratze, in die man tief einsinkt, wenn man sich auf sie setzt, und die mir damals schon große Rückenschmerzen bereitet hatte. Hinten rechts steht der Schreibtisch, an dem ich sinnlos Lateinvokabeln in den Kopf hämmerte, und wenn mich das alles nur nervte, träumend zum Fenster heraus schaute.

Hier erlebte ich den ersten Orgasmus, nicht meinen eigenen, sondern den eines jungen Pärchens, hinter der dünnen Wand zum Nachbarn, wo es zur Untermiete wohnte.

Hier fanden die unzähligen Besuchskontrollen statt, wenn Stiefmutter ohne Anklopfen einen Blick ins Zimmer warf und kontrollierte, ob mein Besuch und ich sich in ihren Augen auch richtig verhielten. Das war mir sehr peinlich – eigentlich bin ich immer lieber zu anderen gefahren, als sie zu mir nach Hause einzuladen.

Am hintersten Ende dieser Etage dann das Elternschlafzimmer – ein riesiger Raum, doppelt so groß wie die Kinderzimmer und absolut trostlos. Ein Doppelbett, ein zimmerhoher Kleiderschrank mit einem darauf gestellten ehemaligen Büroregal, ein Kreuz an der Wand, zwei Nachttischschränkchen mit kleinen Leuchten.

So sehen üblicherweise alte Schlafzimmer aus. Das einzige, was hier nicht hineinzupassen scheint, ist ein an der Decke hängender Ventilator.

Eigentlich ist dieser Raum der wichtigste von allen anderen, zumindest vermute ich, dass meine Schwester und ich hier gezeugt wurden und in diesem Raum endete das Leben meiner Stiefmutter.

Immerhin habe ich keine Probleme mehr, diesen Raum zu betreten. Ich weiß, hier hat Vater seine Frau umgebracht. Phantasien gehen mir durch den Kopf. Ich habe keine Ängste mehr, mich in diesem Raum aufzuhalten.

Für uns Kinder war dieser Raum damals ein Tabu. Ich kann mich nicht erinnern, mich jemals länger als ein paar Minuten dort aufgehalten oder etwa mit meinen Eltern in ihrem heiligen Ehebett gekuschelt zu haben.

Was mich jetzt vielmehr interessiert, ist, ob vielleicht irgendwelche ungünstigen Umweltverhältnisse im Zusammenhang mit der Schlafposition mit dazu beigetragen haben, dass sowohl Stiefmutter als auch Vater zunächst im Halsbereich Krebs bekommen haben.

Also male ich die Umrandung des Bettes auf den Kunststofffußboden und schiebe das mittlerweile leere Bettgestell in eine Zimmerecke. Dann nehme ich meine beiden mitgebrachten Kupferstäbe und pendele den Boden in regelmäßigen Abständen ab. Aber was beweist das schon, als ich tatsächlich feststelle, dass im Kopfbereich des Bettes eine Wasserader quer das Bett durchzieht? Auf Vaters Seite gibt es noch eine weitere Wasserader. Sie zieht sich senkrecht durch seine Betthälfte, vielleicht ein Grund dafür, dass er permanent über Schlaflosigkeit klagte und nachts oft zur Toilette musste. Ich muss über eine Metallplatte schmunzeln, die er sich an der Innenseite seines Bettes montiert hatte: Daran kühlte er seine immer zu heißen Füße ab.

Der Verkauf des Hauses mit den daran hängenden Erinnerungen ist nicht einfach. Ich versuche es als rein sachliche Angelegenheit zu verstehen. Wir entscheiden uns für eines der Paare, die an dem Haus interessiert sind. Bisher hatten wir nichts von der „Tat" im Haus erzählt, wollten das nach unserer Entscheidung, kurz vor Vertragsunterzeichnung erzählen. Als ich dann irgendwann abends zu Hause das klingelnde Telefon abnehme und durch den Hörer die ziemlich bedrückte Stimme der Frau des Paares höre, ist mir klar, dass sie es schon erfahren hat.

Sie erzählt, dass die Kinder die Geschichte aus der Grundschule mitgebracht haben, das im ganzen Ort bekannt ist, welche schrecklichen Dinge sich in dem Haus ereignet haben. Sie erzählt, dass sie das erst mal verarbeiten müsse und deswegen zu dem Haus etwas Abstand genommen habe. Ich kann es verstehen und habe ein bisschen Angst, dass wir deswegen vielleicht auf dem Haus sitzen bleiben werden. Ich rede mir dann allerdings ein, dass alles nur eine Frage des Preises sei. Ich bin mir sicher, dass sie sich bald wieder meldet, immer noch interessiert ist, auch schon so etwas wie eine Beziehung zu dem Haus entwickelt hat.

Irgendwann ruft sie dann tatsächlich wieder an. Ihre Bedenken sind plötzlich kein Thema mehr, sie spricht sie noch nicht mal an. Sie haben sich nun doch für das Haus entschieden. Nächste Woche sollen die Verträge vor dem Notar geschlossen werden. Ein letztes Mal gehe ich durch das Haus, ein letztes Mal schließe ich die zwei Haustüren ab, hoffe, dass ich mich endgültig verabschiedet habe vom Elternhaus.

Später treffen wir uns beim Notar, unterschreiben alle. Ich habe Sekt zum Anstoßen mitgebracht. Ein zwiespältiges Gefühl, zu sehen, wie sich zwei Menschen freuen, ihr eigenes Leben in unserem Elternhaus aufzubauen, aber auch ein gutes Gefühl, dass das Haus vielleicht in die richtigen Hände gelangt ist.

Das Elternhaus

Wenn man um die Ecke biegt
das dritte Haus rechts
das mit der braunen Verkleidung
und den zwei Eingangstüren
eine nach innen
eine nach außen

Verschlossen
das Haus
wie die ehemaligen
Bewohner

Ein letzter Gang
durch jeden Raum
hier eine Erinnerung
dort ein Gedanke
ein Abschied
sollte es sein

Nach Monaten
der Wunsch
es nochmals
zu sehen

Wenn man um die Ecke biegt
immer noch das dritte Haus rechts
doch jetzt
mit glatten weißen Außenwänden
großen Fenstern
ohne versteckende Gardinen

Es ist ein anderes Haus
ein anderes Leben
doch im Inneren
tut es irgendwie weh.

Ich habe den Abschied gebrochen.

Der Besuch der alten Dame

Irgendwann abends klingelt das Telefon. Da die Kinder schon im Bett sind und sie mir deswegen nicht den Hörer wegschnappen können, kann ich selbst das Gespräch annehmen. Die Stimme der älteren Frau kenne ich nicht. Sie fragt: „Sind Sie der Sohn von Hans Jaffke?" Ich finde die Frage suspekt. Mein Vater ist schließlich tot.

Sie entschuldigt sich, dass sie so spät abends noch störe, aber sie habe die Todesanzeige in der Zeitung gelesen und wolle wissen, ob es wahr ist, dass die beiden tot sind. Sie ist ganz erschüttert, sofern man das durch den Telefonhörer feststellen kann. Sie fragt nach den Umständen, wie es denn passiert sei. Und sie sagt: wie schrecklich.

Irgendwann frage ich sie, woher sie denn meinen Vater kenne. Sie erzählt dann von der Nachkriegszeit, damals als Vater als Flüchtling in ihren Ort gekommen sei und er ihr zugeteilt wurde, sie eine Dachgeschosswohnung an ihn vermietet habe.

Ich spüre, diese Frau weiß etwas oder will mir irgendetwas mitteilen. Als ich vorschlage, dass ich sie gerne persönlich kennenlernen möchte, willigt sie ein. Ein paar Tage später steht sie vor der Tür, eine kleine weißhaarige ältere Dame, mit einem Blumenstrauß in der Hand. Wir essen Kuchen und trinken Kaffee und irgendwann erzählt sie von Vater, der drei Jahre bei ihr zur Miete gewohnt hat. Sie lobt ihn, seine Zuverlässigkeit, seine Hilfsbereitschaft, wenn er die Heizung reparierte, irgendwelche kleinen Reparaturen im Haus durchführte. Er wollte keinem zur Last fallen, ging immer durch den Hintereingang in das Haus, erzählt sie. Und in der Zeit, als ihr Mann so viel unterwegs war, „ist nichts passiert". Seltsam unwirklich erscheint mir dieser Satz aus dem Mund einer älteren Dame mit den Gedanken an meinen Vater. Warum erzählt sie mir davon? Davon, dass Vater irgendwann seine Frau auf einer Feier im Ort kennengelernt hat, meine leibliche Mutter, Agnes sagt sie, wenn sie von ihr spricht. Vorsichtig fragt sie, ob ich wüsste, was damals alles passiert ist?

Schlagartig wird mir in dem Moment klar, wie wenig ich von meinem Vater weiß, ich meine von ihm persönlich, von den Dingen, die ihn wirklich betreffen.

Bis zu meinem zwölften Lebensjahr hielt ich meine Stiefmutter für meine leibliche Mutter. Wahrscheinlich nur durch einen blöden Zufall wurde mir ihre wahre Identität klar.

Es war die Zeit des Konfirmationsunterrichts, des Bibellesens, und meine Stiefmutter gab mir die Bibel in die Hand, die sie und mein Vater zu ihrer kirchlichen Hochzeit erhalten hatten. Irgendwann blätterte ich die vorderen Seiten auf. Ich sah, dass die beiden drei Jahre nach meiner Geburt geheiratet hatten. Ich fragte meine Stiefmutter, wie ich das denn verstehen müsse. Sie fragte zurück, welche Möglichkeiten mir denn einfielen. Ich tippte auf uneheliches Kind. Ich fing an zu weinen. Ich ließ mir andere Theorien einfallen, adoptiertes Kind zum Beispiel. Mir gelang es nicht, auf die richtige Lösung zu kommen. Irgendwann ließ sie dann die Katze aus dem Sack: sie sei meine zweite Mutter, die erste Mutter sei damals kurz nach meiner Geburt an Lungenentzündung gestorben.

Meine leibliche Mutter ist kurz nach meiner Geburt an Lungenentzündung gestorben, sage ich zu der alten Dame. Sie sieht mich groß an. „Ja, Sie wissen also nicht, dass Ihre Mutter sich das Leben genommen hat?" Wie ein Hammer sitzt es wieder, jetzt das dritte Mal. Ich ringe nach Atem, zittere schon wieder am ganzen Körper.

Ich kann es nicht glauben, frage sie, wie das passiert sei. Sie habe sich vor den Zug geworfen, erwidert sie ruhig.

Plötzlich sehe ich die Sterbeurkunde meiner leiblichen Mutter vor mir, die ich in den letzten Tagen im Familienstammbuch meines Vaters gefunden habe. Es steht die Sterbezeit 04:51 Uhr eingetragen. Ich fragte mich schon mehrfach, warum dort ein auf die Minute genauer Todeszeitpunkt eingetragen ist. Das war also ein Zug, der laut Fahrplan um 04:51 Uhr meine leibliche Mutter überfuhr. Ist diese minutengenaue Zeitangabe ein versteckter Hinweis, der unter Standesbeamten üblich ist, um auf einen Selbstmord hinzuweisen?

Ich frage die alte Dame: warum?

Sie erzählt von meiner Geburt, als die Schwester meiner leiblichen Mutter im Haushalt geholfen hat, sich irgendwie nützlich machte. Sie erzählt von der Feier am 1. Mai, vierzehn Tage nach meiner Geburt, in einer Gastwirtschaft, zwei Straßen weiter hinter dem Haus meiner Eltern. Und dort ist es dann passiert, die Schwester meiner leiblichen Mutter, Elise, ließ sich von irgend jemandem schwängern, mit achtzehn Jahren. Dabei hatte meine Mutter ihren Eltern versprochen, auf sie aufzupassen. Meine Mutter machte sich Vorwürfe, zu Hause bei den Eltern in diesem kleinen katholischen Nest in der Nähe von Münster war sie nunmehr unerwünscht. Ledig, katholisch, schwanger, anscheinend untragbar in der damaligen Zeit. Das wird der Grund gewesen sein, dass Agnes sich schuldig fühlte, irgendwann wohl so verzweifelt gewesen ist, dass sie sich vor den Zug geworfen hat, sagt die alte Dame.

Immer wieder fragt sie nach, ob ich denn nicht wüßte ..., und ich weiß plötzlich, dass ich über meinen Vater einiges nicht weiß und über mich anscheinend auch nicht.

Nach dem Tod meiner leiblichen Mutter habe ich dann in einem Kinderheim gelebt. Vater hat mich am Wochenende besucht, traurig darüber, dass er mir keine Bananen mitbringen konnte, und die 300 DM Pflegegeld für das Kinderheim waren für ihn wohl schwierig aufzutreiben.

Es ist ein Zufall, dass die alte Dame mich angerufen hat. Ich spüre, wie die Zeit stehen geblieben ist. Es geht plötzlich nicht mehr voran, ich sehe nach hinten und viele Fragen rasen durch meinen Kopf. Plötzlich ist meine Vergangenheit wichtig, plötzlich ist mir meine leibliche Mutter wichtig, für die ich mich nie interessiert habe, weil sie einfach damals an Lungenentzündung gestorben zu sein schien. Wie kann das alles sein?

Was für ein Glücksfall, denke ich nur kurz, als die alte Dame im Dunkeln verschwindet, leise wie sie erschienen ist. Nur ganz kurz denke ich, was für ein Glücksfall, dass ich diese alte Dame kennengelernt habe, und im nächsten Moment bin ich unsagbar traurig und weiß nicht warum.

Das Stadtarchiv

Ich gehe in das Stadtarchiv
frage nach den Zeitungen
ab dem 04. März 1959

man legt mir eine Filmrolle ein
erklärt die Handhabung des Lesegerätes

alles ist weiß auf schwarz
ein Samstag
Chrutschow ist auf der
Leipziger Frühjahrsmesse
Männer, die betrunken einen Unfall verursachen
es ist Neumond
und 11 Grad kalt
der Ford 12 M kostet 5690 Mark

der 5. März
der 6. März
der 7. März
der 8. März
der 9. März

es war nicht wichtig für eine Meldung
vielleicht gab es Zugverspätungen

der 13. März
am Ende der Woche
die amtlichen Mitteilungen

„Unsere Toten"

mittendrin ihr Name
die Anschrift
in Klammern
(28 J.)
die jüngste
von allen

Die Unterlagen

Als Rikarda und ich das Haus leer räumen, finden wir nicht mehr viele Unterlagen. Ich habe das Gefühl, dass Vater bewusst gut aufgeräumt hat. Jede Menge leerer Aktendeckel, für jedes Jahr einer angelegt, fanden wir. Irgendwie merkwürdig, diese Ablageordnung nach Jahren, rein chronologisch, nicht nach Themen.

Dann finden wir doch hin und wieder ein paar Unterlagen, die mich stutzig machen. Eine Gerichtsurkunde, in der eine Frau für mich als Pflegerin bestellt wird. Irgendwo dazwischen das Stammbuch, bei dem mir plötzlich bewusst wird, dass ich die Namen meiner Pateneltern, die dort aufgeführt sind, gar nicht kenne. Vater hat nicht alles weggeschmissen – hat er nur die für mich wichtigen Dokumente übriggelassen? Damit ich sie auch nicht übersehe, als deutlicher Hinweis: Hier, das ist wichtig! In seinem letzten Taschenkalender liegt ein Foto aus den fünfziger Jahren, das ihn mit einer jungen Frau im Arm zeigt, die ich nicht kenne – es ist nicht meine leibliche Mutter, auch nicht meine Stiefmutter. In den Rentenunterlagen finde ich Hinweise, dass er im Krieg bei der SS tätig war.

All das ist zunächst unheimlich aufregend. Doch wieso weiß ich davon nichts? Vater hat nichts erzählt, aber ich habe auch nie nachgefragt, weder nach seiner Kriegsvergangenheit noch nach seiner ersten Frau, meiner leiblichen Mutter – ich habe einfach geglaubt, dass sie an Lungenentzündung gestorben ist. Was treibt mich plötzlich an, jetzt nach seinem Tod Informationen zu seiner und meiner Vergangenheit zu suchen?

Ich merke, dass ich meinen Vater gar nicht richtig kenne. Und ich merke, dass seine Vergangenheit etwas mit mir zu tun hat. Ich merke, dass die Fundamente, auf denen ich glaubte zu stehen, plötzlich wackelig werden.

Doch zunächst finde ich es sehr spannend, etwas Licht in das Dunkel zu bringen. Ich sehe im Telefonbuch nach, ob die Adresse, die in der Pflegeurkunde angegeben ist, noch existiert. Es ist fast vierzig Jahre her, aber die Leute, meine Pflegeeltern, wohnen immer noch unter der gleichen Adresse. Ich beschließe, sie demnächst anzurufen.

Mit den Namen meiner Pateneltern suche ich im Internet nach ihrer Adresse. Ich werde fündig. Ich beschließe, auch sie demnächst anzurufen.

Das Grab meiner Mutter (erster Besuch)

Plötzlich ist meine Mutter wichtig
nicht an Lungenentzündung gestorben
eine Persönlichkeit
sich das Leben nehmend

Birgit hat recherchiert
wo das Grab meiner Mutter ist
in diesem kleinen Ort
wo sie auch geboren ist

es sind noch 50 DM offen
an Grabgebühren
die ich überweise

es regnet, es ist kalt
als wir im Dunkeln
dann am Grab stehen
ihr Vorname: Agnes
mein Nachname
ihr Geburtstag: 07.03.
und Birgit sagt
das ist doch der Tag
an dem wir uns kennengelernt haben

das Unkraut wehrt sich
als wir einen Topf Osterglocken
in die Erde pressen

ein, zwei Fotos
schwarzer Stein
mit Beton eingefasstes
Unkraut
jetzt mit
Osterglocken
daneben
sauber geharkte
Wege

Die erste Therapie

Ich merke, dass der Selbstmord meines Vaters und meiner Stiefmutter an meinen Kräften zehrt. Ich sage ein Stellenangebot ab, das mir vor der „Tat" sehr attraktiv erschienen war. Ich habe keine Kraft, mich auf den Stress eines Stellenwechsels einzulassen. Das Mehr an Gehalt lockt mich auch nicht mehr, es ist plötzlich völlig unwichtig geworden. Meine Gedanken kreisen tagaus tagein nur um die „Tat". Jedes Mal, wenn etwas Ruhe einkehrt und die Gedanken kreisen, heule ich los, fange ich an zu zittern.

Die Eltern sind beerdigt, das Haus ist verkauft, tausend andere Sachen sind erledigt, in der Tabelle im Computer kann ich immer mehr Punkte als erledigt abhaken. Ich habe viele Dinge abgewickelt, ich könnte doch zufrieden sein, wie gut wir das alles geschafft haben. Trotzdem bin ich mit mir nicht zufrieden, eine unendliche Traurigkeit lähmt mich.

Ob Birgit es war oder jemand anders mich auf die Idee gebracht hat, ich weiß es nicht mehr. Ich stelle mir vor, dass mir eine Therapie helfen könnte. Denn jetzt bin ich erst ein mal dran, muss ich das irgendwie verarbeiten.

Ich rufe in einer psychotherapeutischen Gemeinschaftspraxis an, die in der Nähe meiner Arbeitsstelle liegt, damit es nicht so viel Wegezeit kostet, wenn ich dort Termine wahrnehme.

Ich habe keine Ahnung, dass man sich nicht so ohne weiteres einer Psychotherapie unterziehen kann, zumindest dann nicht, wenn die Krankenkasse sie bezahlen soll.

Die Vorzimmerdame in der Praxis erzählt mir etwas von einer Notwendigkeitsbescheinigung als Voraussetzung. Bei einem Facharzt für Neurologie könne ich die erhalten, und sie gibt mir ein paar Adressen zur Auswahl durch.

Ich suche einen Neurologen aus der Liste auf. Ich bin so nervös, dass es mir nicht gelingt, das Auto in der Nähe der Praxis vernünftig einzuparken. Ich lasse es schließlich halb auf dem Bordstein, halb auf der Straße stehen.

Ich sitze in dem alten großen Haus im Flur vor der Sprechzimmertür des Neurologen. Ein Pärchen ist noch vor mir dran. Es streitet sich laut neben mir, sie lassen lauter Vorwurfsätze fallen. Sie werden hinein gebeten. Es ist plötzlich so still. Hinter der Tür höre ich nur noch ein sonores Gemurmel.

Dann bin ich an der Reihe. Der Neurologe sitzt hinter einem riesigen, alten Schreibtisch, sieht mich kühl an. Der Pullover, der sich über seinem korpulenten Körper strafft, strahlt Kälte aus. Er fragt: „Was führt Sie zu mir?" Ich fühle mich völlig erniedrigt und elend, als ich über die „Tat" rede, vor diesem Mann losheule, der mich weiterhin kühl ansieht, einen Kuli in seinen Händen dreht und manchmal etwas auf seinem Notizblock herumkritzelt.

Irgendwann ist das Gespräch beendet, er bittet mich, vor dem Sprechzimmer wieder Platz zu nehmen. Später halte ich dann eine „Fachärztliche Bescheinigung zur Vorlage bei der Krankenkasse" in den Händen. Ich weiß jetzt, dass ich an „posttraumatischen Belastungsreaktionen mit einer ausgeprägten Symptomatik von Krankheitswert" leide. Krankheitswert – mir kommt dieses Wort so absurd vor. Ich habe geheult vor diesem unsympathischen Menschen und ich fühle mich elend und gedemütigt, als ich zum Auto zurückkehre, das als einziges schief eingeparkt an der Straße steht.

Mit der Bescheinigung in der Hand treffe ich ein paar Tage später auf einen Psychologen. Sein Nachname macht mir bei jedem Treffen wieder neue Schwierigkeiten. Ich muss mich jedes Mal konzentrieren, damit ich nicht aus Versehen einen Buchstaben seines Nachnamens austausche und ihn dann mit einer umgangssprachlichen Bezeichnung für das männliche Geschlechtsteil anrede.

Wieder erzähle ich von der „Tat". Wieder zittere ich, versuche mich zu beruhigen. Als ich heule, sagt er, ich solle ruhig weinen. Aber irgendwie habe ich das Gefühl, es ist ihm unangenehm. Er ist so unkonzentriert, hält sich an einem Schreibbrett fest, auf dem er herumkritzelt. Später bin ich unzufrieden mit ihm, wenn er dann doch bis zum nächsten Mal einige Details vergessen hat, die ich ihm bereits erzählt hatte.

Ganz rational unterhalten wir uns über die „Tat". Jeder Mensch hat das Recht auf das eigene Leben, sagt er, auch das Recht, es dann irgendwann zu beenden. Ich werfe ein, dass aber mein Vater meine Stiefmutter umgebracht hat. Das dürfe ich nicht so sehen, das sei gemeinsamer Selbstmord. Meine Stiefmutter war doch an Alzheimer erkrankt. Sie wäre überhaupt nicht fähig gewesen, sich selbst umzubringen. Und dass Vater sich erhängt hat, sei nachvollziehbar. Es sei eine sichere Art, sich umzubringen. Dass Vater sich nicht von mir verabschiedet hat, das mache mich traurig, klar. Aber wer wirklich fest entschlossen sei, seinem Leben ein Ende zu bereiten, der weihe keinen anderen ein, damit er nicht eventuell davon abgehalten wird. Und so reden wir sachlich darüber, über die Motive, die dazu geführt haben, dass die beiden ihr Leben beendet haben.

Später, in den weiteren Sitzungen bezeichnet er mich als Perfektionisten. Ich weiß nicht, wie er darauf gekommen ist, finde es aber zutreffend. Und als Perfektionist habe ich natürlich ein Problem mit der „Tat". Das rüttelt an den Grundfesten. Er erzählt, wie spannend er es findet, wenn ich in den Unterlagen meines Vaters einen Verwandten finde, irgendetwas recherchiere. Irgendwie scheint ihn das sehr zu faszinieren, wie ich eine Spur nach der anderen verfolge, mir die Zusammenhänge zurecht lege. Grund genug für ihn, mich wieder als Perfektionisten zu bezeichnen. Irgendwie schmeichelt mir das – oder sagt er das nur als Kontrast zu sich selbst? Wir erläutern die

Vor- und Nachteile von Perfektionisten, wobei uns zu meiner aktuellen Situation mehr Nachteile einfallen. Die „Tat" lässt sich nicht mit Perfektionismus erfassen.

Wir kommen im Gespräch immer weiter weg von der „Tat". Ich scheine alles verarbeitet zu haben. Jetzt meint der Therapeut, ich müsse mich auf meine Ressourcen konzentrieren, die müssten jetzt gestärkt werden. Und wir reden über den Alltag, das Ausräumen des Hauses, oder die organisatorischen Dinge im Zusammenhang mit dem Tod. Er bemüht sich um meine Alltagsbegleitung. Aber wo meine Ressourcen liegen, die es zu stärken gilt, habe ich nicht ganz verstanden.

Im Grunde hat der Therapeut sich zum Verteidiger meiner Eltern gemacht, und versucht, mir aus deren Sicht die Gründe für den Selbstmord darzulegen. Ja, und respektieren müsse ich die „Tat" ja nicht, aber vielleicht würde es mir ja gelingen, sie wenigstens zu akzeptieren. Und vor allem: Ich habe keine Schuld – es war die alleinige Entscheidung meiner Eltern.

Irgendwann sind die 25 Therapiestunden um, ich fühle mich geheilt. Wir haben unsere Sichtweisen ausgetauscht – er hat mich auf andere Sichtmöglichkeiten hingewiesen. Und irgendwie hat er in vielen Standpunkten ja so Recht: Wenn man seinen Kopf gebraucht und in Ruhe die Ereignisse abwägt, ist das alles doch so plausibel.

Das Grab meiner Mutter (zweiter Besuch)

Eine Rose in den Händen haltend
bei besserem Wetter
als letztes Mal
sogar die Sonne scheint

ich suche
und finde das Grab nicht mehr
es war genau da
auf diesem alten Friedhof
in diesem kleinen Ort
wo sie geboren ist
und ich ihr Grab gesehen habe

die 40 Jahre sind herum
das Grab eingeebnet
eine geharkte Fläche
neben geharkten Wegen
Gras wächst mittlerweile

Eine Rose in den Händen haltend
wohin damit

Die Pflegeeltern

Ich meine, dass die Therapie mir geholfen hat. Aber das Thema Vergangenheit lässt mir keine Ruhe. Daher überlege ich, wen ich noch alles kontaktieren kann, um vielleicht die eine oder andere Frage beantwortet zu bekommen.

Ich habe noch verschiedene Telefonnummern auf einen Zettel geschrieben, zum Beispiel die meiner damaligen Pflegeeltern, und so sitze ich vor dem Telefon und überlege. Wie fange ich es an? Soll ich überhaupt meine Pflegeeltern anrufen, die mich wahrscheinlich vor vierzig Jahren das letzte Mal gesehen haben? Ist es nicht vielleicht ein Schock für sie, kommen nicht vielleicht alte Erinnerungen wieder hoch, mit denen sie schon lange abgeschlossen haben?

Und dann wähle ich. Eine Frau ist am Apparat. Ich sage meinen Namen und frage sie, ob sie mit meinem Namen etwas anfangen könne. Die Reaktion verblüfft mich – ja natürlich, offensichtlich erfreut erzählt sie mir sofort einiges aus der damaligen Zeit, als ich bei ihr und ihrem Mann als Pflegekind war. Sie weiß auch, was ich jetzt mache, wo ich arbeite – sie habe immer mal wieder zwischendurch Informationen über mich aufgeschnappt.

Ich äußere den Wunsch, sie mal kennenzulernen. Sie scheint sich darüber zu freuen.

Ein paar Tage später stehe ich bei meinen ehemaligen Pflegeeltern mit einem Blumenstrauß vor der Tür. Freudig begrüßen sie mich. Ich kann es nicht fassen – für mich völlig fremde Leute freuen sich über meinen Besuch.

Kurz erzähle ich über die „Tat" und dass ich im Elternhaus eine Urkunde gefunden habe, in der sie als Pflegeeltern eingetragen sind. Sie fragen, warum ich nichts davon wusste. Ich kann es nicht beantworten – Vater hat mir einfach nichts davon gesagt. Und dann erzählen sie von meiner leiblichen Mutter, die noch einen älteren Bruder hat, der hier in der Nähe, nicht weit entfernt von Münster wohnt, und einer weiteren Schwester, die meine Patentante ist. Ob ich die denn kenne? Ich kann alles nur verneinen und es dreht sich alles um mich herum, als ich auf einem Zettel mit Strichen versuche nachzuvollziehen, wer mit wem verwandt ist. Es sprudelt nur so aus ihnen heraus, als sie von weiteren Halbgeschwistern, Kindern und Großvätern, erzählen.

Irgendwann blicke ich nicht mehr durch und mir wird klar, dass nicht nur meine leibliche Mutter damals gestorben ist und aus meinem Leben verschwand. Damit sind auch verwandtschaftliche Kontakte abgeschnitten worden. Warum sind mir die Geschwister meiner leiblichen Mutter und deren Kinder nicht bekannt? Kurz habe ich die Vorstellung, dass ich an Gedächtnisverlust leide, aus einem langen Koma erwacht bin.

Ich frage meine früheren Pflegeeltern, ob sie etwas zu meiner leiblichen Mutter, den Hintergründen ihres Selbstmordes wüssten. Sie erzählen dann von den ungünstigen Umständen, unter denen mein Vater und meine leibliche Mutter gelitten hatten. Vater als evangelischer Flüchtling hat meine leibliche Mutter aus katholischem Elternhaus geheiratet. Meine Großmutter habe das nie richtig akzeptiert, war sauer über die Verbindung und habe das auch wohl bei jeder Gelegenheit unverblümt geäußert, den beiden keinerlei Unterstützung geboten. Dann bauten sich die beiden mit einer Siedlergemeinschaft ein Haus. Das bedeutete nicht nur, dass jeder seiner täglichen Arbeit nachgehen musste, sondern dass nach Feierabend und an den Wochenenden kräftig in die Hände gespuckt werden musste, damit es mit den Häusern weitergehen konnte. Und so nähte meine leibliche Mutter tagsüber Gardinen in einem Geschäft auf dem Prinzipalmarkt und abends ging es weiter mit dem Nähen von Hochzeitskleidern oder Vorhängen für die Siedlungshäuser. Sie sei ständig überarbeitet gewesen, und dann kam ich noch zur Welt, mit ständigem Durchfall und Schreikrämpfen.

Vielleicht hat deine Mutter auch eine Schwangerschaftspsychose bekommen, meinen meine Pflegeeltern, und sie erzählen weiter von der jüngeren Schwester meiner leiblichen Mutter, Elise, die damals ungefähr 17 Jahre alt war. Sie wollte meiner leiblichen Mutter nach meiner Geburt ein bisschen im Haus helfen. Doch dann gab es da eine Maifeier, in einer Gaststätte zwei Straßen entfernt vom Elternhaus. Elise lernte dort jemanden kennen, schlief mit ihm und wurde prompt schwanger. Meine leibliche Mutter habe sich jede Menge Vorwürfe gemacht, und das alles zusammen war doch wohl zuviel für sie.

Ich komme mir vor wie in einem schlechten Film, aber es scheint das echte Leben zu sein. Sie war eine gute Mutter, sagen sie, voller Energie, lebenslustig, aber auch sensibel. Sie hatte auch gute Kontakte, mit deren Hilfe mein Vater eine feste Anstellung fand und dadurch von den unsteten Arbeiten im Straßenbau wegkam.

Elf Monate alt war ich, als meine leibliche Mutter starb, im März 1959. Ich bin dann in einem Kinderheim untergebracht worden, in dem mich Vater sonntags nachmittags besuchte. Ein halbes Jahr hat es gedauert, bis ich dann im Sommer 1959 zu meinen Pflegeeltern kam.

Sie erzählen davon, dass sie damals keine Kinder bekommen konnten und sich darüber freuten, mich aufnehmen zu können. Sie erzählen über die Spaziergänge zum nahe gelegenen Aasee und dass eines der ersten Worte, die ich bei ihnen gesprochen hatte, „Pile Pile" war, meine Bezeichnung für die auf dem Aasee schwimmenden Enten.

Und dann hat Vater wohl über eine evangelische Kirchenzeitung meine Stiefmutter kennengelernt und stand eines Tages vor der Tür, um mich wieder abzuholen. Er tauschte mich ein gegen eine Korallenkette, nahm mich mit und die Kontakte waren beendet.

Ich sehe, wie meinem Pflegevater die Augen feucht werden, als er sagt: „Wir hätten dich gerne behalten." Wie ein Stich geht es in mein Herz, das zu hören. Meine Pflegeeltern waren damals unendlich traurig, als ich nicht mehr bei ihnen lebte und vor allem darüber, dass die Trennung so abrupt von einem Tag auf den anderen geschah.

Erleichtert höre ich, dass sie dann doch irgendwann noch Kinder bekommen haben, eine Tochter und einen Sohn. Und dann zeigen sie mir das Kinderbett, in dem ich damals geschlafen habe und in dem jetzt manchmal das Enkelkind übernachtet.

„Unser Sohn arbeitet übrigens in der gleichen Firma wie du.", sagen sie. Ich kenne ihn sogar und habe wieder das Gefühl, in einem schlechten Film mitzuspielen.

Beim Abschied tausend Gedanken – was für ein Schmerz muss das gewesen sein für alle. Ich bin ein bisschen sauer auf meinen Vater – wie konnte er nur so mit mir und meinen Pflegeeltern umspringen? Aber vielleicht blieb ihm auch nichts anderes übrig. Warum erfahre ich jetzt erst von alledem? Warum hat mir Vater davon nichts erzählt?

Der Gantenbein

Mein Name sei Gantenbein,
ich stelle mir vor ...

Und er spielt andere Wege
in seinem Leben durch
auf dreihundert Seiten

Ich stelle mir vor
meine Mutter hätte sich nicht das Leben genommen

Ich stelle mir vor
ich wäre nicht im Kinderheim gewesen

Ich stelle mir vor
ich wäre im Kinderheim geblieben

Ich stelle mir vor
ich wäre bei meinen Pflegeeltern geblieben

Ich stelle mir vor
unter Berücksichtigung
der Kombinationen aus b und d
die veränderten Rahmenbedingungen
die verpassten Chancen
und ihre besonderen Auswirkungen
auf mich

Schöne neue Welt

Jetzt bin ich ich
so wie ich bin

Nur mit Erklärungen

Die Pateneltern

Wieder sitze ich am Telefon und überlege, wie ich meine Pateneltern anspreche. Als ich mich dann endlich überwunden habe und die Telefonnummer im Ruhrgebiet gewählt habe, meldet sich ein Mann. Ich nenne meinen Namen und stelle wieder die Frage: „Können Sie mit meinem Namen etwas anfangen?"

Erst mal höre ich nichts, eine Pause – dann, so als würde sich jemand sammeln, ein paar Erklärungen, warum der Kontakt zu mir abgerissen ist. Ich habe das Gefühl, als hätte da jemand ein schlechtes Gewissen.

Ein paar Tage später besuche ich meine Pateneltern in ihrer Wohnung. Als die Tür sich öffnet, erfahre ich wieder einen freudigen Empfang. Meine Tante drückt mich an sich, als wären wir seit Jahren in Kontakt. Ein komisches Gefühl, plötzlich in einem kleinen Ort mitten in Deutschland meinen Pateneltern gegenüberzustehen. Sie sind seit Jahren meine Verwandten, aber ich kenne sie nicht.

Wieder stelle ich die Frage, wie das damals mit meiner leiblichen Mutter passiert ist. Mittlerweile gibt es nur noch Bestätigungen der Informationen, die ich bereits von anderen habe: Meine leibliche Mutter war völlig überarbeitet, dazu meine Großmutter, die immer Druck machte, die nette Seitenhiebe verteilte: Sieh dir doch den jungen Mann in der Nachbarschaft an, der hat schon lange ein Haus – und ihr? Hättest du mal den Mann genommen, den ich dir ausgesucht habe. Meine leibliche Mutter sei voller Energie, aber auch sehr sensibel gewesen. Dann gab es jede Menge Ärger beim Bauen, irgendein Unternehmer hatte sie übers Ohr gehauen, was den Verlust von ein paar tausend Mark bedeutete, und das in einer Zeit, in der es an allem fehlte.

Ja, und dann hat sie sich vor den Zug geworfen. Man hat dann meinen Vater geholt, damit er sie identifiziert. In seiner Verzweiflung hat er einem Polizisten seine Dienstwaffe entrissen, und sie mussten ihn überwältigen, damit er sich nicht selbst erschießt.

Ab dem Zeitpunkt sei der Kontakt zwischen meinem Vater und meinen Pateneltern sehr schwierig gewesen – einmal aufgrund der Entfernung und der schlechten Verkehrsverbindungen, das war damals halt alles nicht so einfach ohne Auto und Telefon, aber andererseits auch wegen des Gefühls, dass sie nicht mehr gerne gesehen seien und auch nicht stören wollten.

Mein Patenonkel holt mich dann an seinen Computer, zeigt mir sein Hobby: Ahnenforschung. Er druckt mir mehrere Seiten eines Stammbaums aus – alles Personen, die irgendwie mit mir verwandt sind, mir bis auf wenige Ausnahmen nichts sagen.

Unglaublich nett sind sie, versuchen mir Mut zu machen, denn das Leben gehe weiter und das was war, sei vorbei. Vieles könne man nicht erklären, man müsse es einfach so hinnehmen.

Mehrere Male besuche ich sie und sie lassen sich auch bei uns zu Hause sehen. Durch sie lerne ich wieder eine weitere Kusine kennen und ich merke, wie schade es ist, dass alle diese Kontakte, die mein Leben hätten bereichern können, nicht schon früher existierten.

Irgendwann später überreicht mir mein Onkel eine Kopie eines Briefes meines Vaters an sie, geschrieben kurz nach dem Selbstmord meiner leiblichen Mutter. Als es mir die Tränen in die Augen treibt, sind sie ganz ratlos – sie wussten auch nicht recht, ob sie mir diesen Brief geben sollten, aber sie fanden es einfach angebracht.

Der Brief meines Vaters an die Pateneltern (26.03.1959)

Ihr lieben Alle!

Eure Osterkarte habe ich heute erhalten. Besten Dank auch. Ich mag gar nicht dran denken, daß wir Ostern haben. Es ist furchtbar. Die Sträucher werden wieder grün. Die Sonne scheint. Leben gibt es wieder überall. Es ist furchtbar. Einen Feiertag wollten wir nach Albachten. Jetzt sitze ich hier in der Fremde. Habe keinen Mensch mehr. Michael merkt ja noch nichts. Mama sagt er immer noch. Sie war ihm eine gute Mama. Sie hat sich aufgeopfert für uns beide. Ach wenn man das alles geahnt hätte. Heute ist mir das manchmal so. Agnes lebte ihr eigenes Leben in den letzten Wochen. Man konnte ihr auch bald keinen Mut machen. Sie hat sich immer über andere zuviel Sorgen gemacht. An sich hat sie zuletzt oder überhaupt nicht gedacht. Michael ist doch ein armes Kind. Agnes hatte das immer so schön vorgehabt. Sie war so stolz auf den Jungen. Ich kann es nicht fassen. Was wird nun werden. Bei uns war ja noch keine Not. Die wär auch nicht gekommen. Es hat bei uns doch an nichts mehr gefehlt. Finanziell hätte man sich ja auch irgendwie verbessern können. Ich hatte da schon eine Nebenbeschäftigung in Aussicht. Agnes brachte keine Geduld auf. Mein einzigster Trost ist der, dass es zum Sommer geht, die Sonne scheint. Sie auch für mich und Michael scheint.
Möge Gott Michael in Schutz nehmen. Hans.

Der Onkel

Ich weiß nicht, wie lange ich dieses Spielchen noch weiterführen soll. Ich bin auf einer Rundreise zu meinen unbekannten Verwandten. Dass es Onkel Friedrich gibt, wusste ich schon. Er ist der ältere Bruder meines Vaters. Aus irgendeinem Grund waren Vater und meine Stiefmutter allerdings nie gut auf ihn zu sprechen – und außerdem gab es die innerdeutsche Grenze, die einen Kontakt mehr oder weniger unmöglich machte; das war das, was mir Vater und vor allem Stiefmutter erzählten. Also eine etwas andere Situation: Ein Verwandter, von dessen Existenz ich wusste, aber den ich ebenfalls nie kennengelernt habe.

Und so fahren wir nach Erfurt, um Onkel Friedrich zu besuchen. Ich zucke zusammen, als ich ihm das erste Mal gegenüber stehe. Es könnte Vater sein, so ähnelt er ihm: die hervorstechenden Wangenknochen, die weit zurückliegenden Augenhöhlen, die Mimik, das ständige Räuspern.

Und dann wie bei Vater, so auch bei meinem Onkel: ein unendlich langer Redeschwall. Er erzählt über seine Kriegs- und Nachkriegserlebnisse als Lokführer, als er mal in eine Kuhherde gefahren ist, das war ein fürchterliches Gemetzel. Oder, als mal jemand zur falschen Seite des Zuges ausgestiegen ist und ihm dann die Beine abgefahren wurden. Leute haben sich vor seinen Zug geschmissen, einmal ist er einfach weitergefahren und hat gemeldet, dass sich ein harter Gegenstand auf den Gleisen befunden habe.

Ein bisschen erzählt er noch von Vaters und seinem gemeinsamen Vater, mit dem es ständig Streit gab, der ständig betrunken war. Schläge gab es jede Menge, was dazu führte, dass sowohl er als auch mein Vater sehr früh das Elternhaus verlassen haben. Und so hätten sich seine und die Wege meines Vaters auch schon sehr früh getrennt.

Er erzählt und erzählt – wie Vater. Ich habe Probleme, irgendwo mal eine Stelle zu finden, um eine Frage zu stellen oder selber mal etwas zu erzählen.

Irgendwann kommt das Gespräch auf meine Stiefmutter und die Frau von Onkel Friedrich sagt: diese Ziege. Kurz ist es still, ich frage nicht nach, wieso und warum, und schon redet Onkel Friedrich weiter – eine unendliche Flut von Informationen, mit denen er mich da zuschüttet. Zu meinem Vater habe er nicht viel zu sagen, aber im Krieg sei er ja Wachmann im KZ in Dachau bei München gewesen. Und schon ist er beim nächsten Thema. Es wird ihm nicht aufgefallen sein, dass diese Information mir wieder das Blut in den Adern gefrieren lässt. Mein Vater in einem KZ tätig – ein Schock für mich.

Wieder das gleiche Spielchen – Onkel Friedrich nennt mir ein paar neue Namen. Ich ziehe wieder Striche, diesmal zwischen den Verwandten väterlicherseits.

Die letzten Verwandtenbesuche

Es fehlen jetzt nur noch die Verwandten meiner Stiefmutter. Ich besuche eine ihrer Schwestern in Ostberlin. Stiefmutter hatte gelegentlich mal davon gesprochen, dass es ihre Schwester hinter der Grenze gab, aber nicht erreichbar, weil ihr Schwager bei der Stasi arbeitete und sie kein Risiko eingehen wollten.

Und so sitze ich in einem kleinen Wohnzimmer in einem dieser Ostberliner Plattenbauten, versuche mich krampfhaft mit der Schwester meiner Stiefmutter und ihrem Mann zu unterhalten. Das Gespräch ist mühselig, ich habe keine Lust, über die Wohltaten der ehemaligen DDR zu diskutieren.

Und dann besuche ich noch eine Kusine, weil sie gleich in der Nähe von Münster wohnt. Kurz vor der „Tat" war Vater noch bei ihr, tauchte ohne Ankündigung in der Bäckerei auf, in der sie arbeitet. Irgendwie schien es ihr im Nachhinein, dass er sich verabschieden wollte, aber bei Dienstschluss war er verschwunden.

Ich habe mittlerweile das Gefühl, auf einer großen Antrittsreise zu meinen Verwandten zu sein. Ich weiß gar nicht mehr, was ich jetzt noch damit bezwecke. Gut, es sind Verwandte, aber mittlerweile habe ich das Gefühl, ich könnte genauso gut nach Bremervörde, Kamen oder Stuttgart fahren, um mich bei irgendwelchen Leuten ins Wohnzimmer zu setzen, Fotoalben zu wälzen und über alte Zeiten zu reden.

Das Ende der Reisen

Ich beschließe, jetzt Schluss zu machen mit den Verwandtener-
kundigungen, denn ich habe eine grobe Orientierung über:

- *die Verwandten meiner leiblichen Mutter*
- *die Verwandten meines Vaters*
- *die Verwandten meiner Stiefmutter.*

Im Stammbaum sind wir alle kleine Kästchen.

Die Kinder am Grab

Ein Grabbesuch ist nicht sehr interessant für Laura und Lukas. Es ist eine ziemlich lange Fahrt mit dem Fahrrad dorthin. Weil der Weg zum großen Teil kein Fahrradweg ist, muss man schön in Reihe hintereinander fahren und wir können die beiden meistens auch nicht schieben, wenn uns der Wind entgegen bläst oder aufgrund mangelnder Lust ihre Kräfte schwinden.

Auf dem Friedhof interessiert sie das Grab ihrer Großeltern nicht sonderlich: eine ein Meter mal ein Meter große Fläche mit Buchsbaum eingefasst, am Kopfende ein rosa Naturgrabstein – was soll daran auch interessant sein? Meistens wird das Grab von den Kindern nicht mal eines Blickes gewürdigt, meistens werden uns schnell die paar Gartengeräte, die wir im Eimer mitgebracht haben, weggenommen, und die Kinder verziehen sich auf die Wald- und Rasenfläche, um nach Regenwürmern zu suchen, die es hier zuhauf gibt.

Wir als Eltern bleiben dann zurück, rupfen das Unkraut vom Grab, entfernen die braunen Blätter, die sich über die kleine Fläche gelegt haben. Die Buchsbaumhecke wächst sehr langsam, manchmal muss ein einzelner Zweig gekürzt werden. Jedesmal sagen wir, dass wir beim nächsten Besuch vielleicht ein paar Blumen mitbringen sollten – es sieht alles so trostlos aus, vor allem jetzt im Herbst.

Heute steht seltsamerweise eine abgebrannte Grabkerze auf dem Grab. Es wundert mich, dass es tatsächlich doch noch andere gibt, die das Grab besuchen, aus welchen Motiven heraus auch immer. Es wäre interessant zu wissen, ob und wie oft außer uns und meiner Schwester vielleicht noch jemand dieses Grab besucht – ob es wirklich noch jemanden gibt, der unsere Eltern in Erinnerung behalten hat.

Das Grab meiner Eltern hier auf diesem riesigen Friedhof hat eine Funktion, immer noch: Ein Platz, an dem jemand ist, den es nicht mehr gibt. Ein Platz, an dem man seinen Gedanken nachhängen, sich immer wieder neu verabschieden kann.

Gut, dass es diese Feiertage gibt wie Allerheiligen oder Totensonntag. Dann wird man wenigstens daran erinnert, dass wir für ein Grab verantwortlich sind, eine kleine ein mal ein Meter große Fläche.

Der Grabstein hat sich in den Boden gefressen. Wir müssen beim nächsten Mal entsprechendes Werkzeug und Füllmaterial mitbringen, damit wir ihn wieder ein bisschen erhöhen können.

Wir sehen uns noch ein bisschen um auf diesem Friedhof, unterhalten uns über die verschiedenen Arten, Gräber zu gestalten und zu pflegen. Dann rufen wir unsere Kinder, die in weiter Ferne immer noch nach Regenwürmern buddeln.

Es wird früh dunkel zu dieser Jahreszeit, es wird kalt, ein paar Gestalten flüchten mit uns zum Ausgang.

Dann plötzlich doch Reaktionen von unseren Kindern, und es tut mir weh, dass ich nicht die Wahrheit sagen kann oder will. Laura hat sich ein Bild zurechtgelegt, dass die Oma die Treppe runtergefallen sei und daran gestorben ist. Was mit Opa passiert ist, darüber macht sie sich anscheinend keine Gedanken. Lukas fragt konkret nach, warum sie im gleichen Monat gestorben sind, woran, wer sie gefunden hat. Im Grunde lüge ich sie an, erzähle von den Krankheiten, die sie gehabt haben, dem Krebs. Im Endeffekt ist es ja auch so gewesen, dass sie eigentlich daran gestorben sind.

Ich frage mich, wann ich meinen Kindern die Wahrheit erzähle – und ob überhaupt. Werde ich ebenso lange verdrängen und schweigen wie meine eigenen Eltern es taten?

Die Zwischenbilanz

Ich meine, dass ich jetzt mehr oder weniger alles erledigt habe, auch alles weiß, was mich interessiert. Na gut, meine Vergangenheit stellt sich jetzt ein wenig anders dar als vorher, aber was soll's – es muss weitergehen.

An den Familiengeburtstagen fällt es natürlich auf – Vater und Stiefmutter kommen nicht mehr, es sind zwei Gedecke weniger aufzustellen. An diesen Tagen wird es auch äußerlich deutlich, aber eigentlich denke ich permanent daran, was passiert ist und was für ein beschissenes Leben Vater hatte: früh das Elternhaus verlassen, die Jugendzeit im Krieg verbracht, die erste Frau durch Selbstmord verloren, die eigenen Wünsche hintangestellt, als die zweite Frau krank wurde, dann zuletzt selbst noch an Krebs erkrankt.

Es war sicher zum Teil ein Scheißleben, aber es war doch **sein** Leben – warum gehen dann ständig diese Gedanken **mir** im Kopf herum? Warum bin ich so oft in so schlechter Stimmung? Mein Leben zählt jetzt, aber ich bin so oft voller trauriger Gedanken, oft so müde. Der Blick muss doch nach vorne gerichtet sein, nur das Heute zählt. Was hat die Gegenwart mit dem Tod meiner Eltern zu tun?

Der Ehestreit

In unserer Ehe gibt es in letzter Zeit zunehmenden Stress zwischen Birgit und mir. Manchmal glaube ich, dass es auch etwas mit der „Tat" und meinen Eltern zu tun hat. Jedenfalls fällt mir plötzlich einiges an möglichen Parallelen in der Ehe meiner Eltern und unserer Ehe auf.

Meine Stiefmutter hat nie Sport getrieben, jedenfalls nicht, dass ich davon wüsste. Es ist allgemein bekannt, dass mangelnde Bewegung ein Grund für vorzeitiges Altern ist, weil durch Sport viel Stress abgebaut werden kann und vor allem die Durchblutung des Körpers intensiviert wird. Alzheimer kann durch mangelnde Durchblutung gefördert werden. So versuche ich Birgit zu animieren, mehr Sport zu treiben, was sie nicht im geringsten interessiert. Sie hält eben nicht viel von Sport, liest lieber abends gemütlich auf der Couch liegend ein Buch.

Meine Stiefmutter war eher jemand, der nicht viel unternommen hat – weder Theaterbesuche noch Ausflüge oder Besuche, all das mochte sie nicht so gerne, sondern hielt sich lieber zu Hause auf. So wie Birgit, die auch lieber zu Hause bleibt, vor allem dann, wenn sie ziemlich geschlaucht ist von Beruf und Haushalt. Natürlich ist das nachvollziehbar für mich. Auch in der Dominanz sehe ich Parallelen zwischen Birgit und meiner Stiefmutter: Beide waren bzw. sind der Mittelpunkt und Chef innerhalb der Familie.

Ich sehe natürlich auch Parallelen zwischen mir und meinem Vater, vor allem in dem Punkt, dass die kleinen Wünsche und die großen Träume nicht mehr erfüllt werden, weil vielleicht eines Tages das Schicksal zuschlägt, oder die Lebensuhr abgelaufen ist.

Warum ziehe ich denn überhaupt diese Vergleiche zwischen Stiefmutter und meiner Frau? Wahrscheinlich, weil ich nicht in einer solchen Ehe, möglicherweise mit einem so traurigen Ende, leben möchte. Ich habe Angst, dass die Beziehung zu Birgit sich in dieselbe Richtung entwickelt wie die zwischen Vater und Stiefmutter. Ich versuche, kleine Veränderungen durchzusetzen, aber es gelingt mir nicht.

Birgit bringt dann immer gern unsere Kinder als Argument ins Spiel. Klar, wir haben Kinder, deswegen läuft vieles im Moment anders, können wir uns eben nicht alles erlauben und alles an Wünschen erfüllen, sind wir eben ein bisschen eingeschränkter. Große Reisen, möglichst auf eigene Faust, spontane Unternehmungen, sich bis spät in die Nacht vergnügen – das ist im Moment eben nur eingeschränkt oder gar nicht möglich. Aber wir haben doch diese vielen netten Erlebnisse mit ihnen – zählen die denn gar nicht?

Ja und danach, wenn sie aus dem Haus ausgezogen sind? Dann ist man vielleicht schon zu alt, sodass man sich einiges nicht mehr zutraut, die Kraft fehlt, was auch immer. Birgit sagt mir dann, ich solle nicht alles so pessimistisch sehen, mich lieber an dem Hier und Jetzt erfreuen. Aber das gelingt mir irgendwie nicht.

So kommt es in unserer Ehe zu den immer wieder gleichen Diskussionen, den Versuchen, etwas zu verändern, der Gegenreaktion, der Abwehr und Gereiztheit. Warum akzeptiere ich nicht, wie Birgit sich entwickelt hat, wie die Lebenssituation nun mal geworden ist? Ich resigniere, merke, dass es mir schwer fällt, alles einfach so akzeptieren zu müssen. Ich bin traurig und schweige mich aus, womit Birgit dann wiederum ein Problem hat.

Klar, verändert habe ich mich auch seit dem Tod meiner Eltern. Irgendwie habe ich permanent das Gefühl, etwas zu verpassen – ich muss immer in Aktion sein, darf keine Minute sinnlos verstreichen lassen. Kompromisse sind mir eher nicht willkommen. Ich versuche viel stärker als früher, meine Interessen durchzusetzen. Leider ist Birgit auch so gestrickt, und daher kracht es permanent.

Oft bin ich dann frustriert, wenn es mir nicht gelingt, irgendetwas durchzusetzen oder zu verändern, wenn alles immer im gleichen Trott tagaus tagein weiter läuft. Ich bin traurig, wenig kommunikativ, schweige mich aus.

In ihrer impulsiven Art droht mir Birgit eines Tages an, dass sie nicht mehr weiter mit mir zusammen leben möchte, wenn wir ständig in diese Krisen kommen, die sich über Wochen hinziehen, von denen eine in die andere übergeht und ich währenddessen ich mich meist voller Resignation ausschweige. In ihrer Wut schmeißt Birgit mir die Wochenendausgabe der Tageszeitung hin und sagt, ich solle mir eine Wohnung suchen.

Im ersten Moment kommt mir das als große Erleichterung vor, wie die Lösung eines Problems – wenn wir so verschieden sind, so wenige Gemeinsamkeiten haben, permanent diesen Ehestress haben – dann ist es vielleicht besser, getrennte Wege zu gehen.

Doch als ich dann die ersten kleinen Wohnungen besichtige, bekomme ich den nächsten Frust. Alles, was einigermaßen bezahlbar ist, sind kleinste Buden, in denen ich Platzangst bekomme. Auf meine Fragen, ob ich denn mit dem Saxofon abends ein bisschen Musik machen könne, erhalte ich meistens die Antwort, dass das wohl zu laut ist und die anderen Mieter oder Nachbarn stören würde.

Dann kommen auch die Überlegungen: Warum soll ich eigentlich aus dem gemeinsamen Haus ausziehen? Rein finanziell betrachtet bin ich derjenige gewesen, der das meiste Geld und die meiste Arbeit hineingesteckt hat. Ich denke an die tagelangen und nächtelangen Aktionen, in denen das Haus ausgebaut wurde – soll das alles vergebens gewesen sein, soll ich das alles zurücklassen?

Was ist mit den Kindern? Ich werde sie ungeheuer vermissen, wenn ich sie nicht mehr täglich sehen kann, vielleicht maximal noch am Wochenende, vielleicht sogar nur jedes zweite. Das kann ich überhaupt nicht überstehen, mir überhaupt nicht vorstellen, jetzt getrennt zu werden von ihnen.

Birgit ist erschrocken, als sie mitbekommt, dass ich tatsächlich auf Wohnungssuche bin. Sie nimmt mich in den Arm und fragt, ob es denn nicht noch eine andere Lösung für das gemeinsame Problem geben könne.

So suchen wir eine Eheberatung auf und versuchen mit dem Berater zu ergründen, woran es liegen könnte, dass wir uns beide so unzufrieden in unserer Ehe fühlen.

Irgendwann sagt Birgit in einem der Beratungsgespräche, dass ihr aufgefallen sei, dass ich immer im Frühjahr zum Geburtstag meiner Eltern und im Herbst zum Todestag meiner Eltern extrem gereizt sei und einen ziemlich deprimierten Eindruck auf sie mache. Sie meint, es wäre mir noch nicht gelungen, einen Schlussstrich unter die Geschichte mit dem Selbstmord meiner Eltern zu ziehen.

Sie könnte durchaus Recht haben. Es hat nicht nur mit den Jahreszeiten etwas zu tun, mit der Herbstzeit, wenn es in Deutschland kalt und nass ist und ich mich am liebsten irgendwo verkriechen würde oder in die Sonne flüchten möchte. Es hängt auch damit zusammen, dass ich allein dadurch, dass ich den Monat September auf dem Kalender sehe, noch intensiver an den Selbstmord meiner Eltern erinnert werde. Eigentlich dachte ich, mit dem Thema fertig zu sein, aber die Ereignisse und Erinnerungen lassen mich einfach nicht los.

Der Eheberater empfiehlt mir, die Vergangenheit und den Tod der Eltern aufzuarbeiten.

Er gibt mir Adressen von drei Therapeuten mit, die er für geeignet hält, in meiner Situation Hilfestellung zu geben.

Ich vereinbare einen Termin mit der Therapeutin, die als erste auf der Liste steht.

Die Auslöser

wenn Birgit anruft
und ihre Stimme ernst klingt
wenn die Fruchtfliegen
um die Bananen
in der Obstschale schwirren
wenn ich in den Keller gehe
und das Kletterseil der Kinder
von der Decke baumelt

Die Therapeutin

Ich fahre mit dem Auto in die Innenstadt, bin mir nicht ganz sicher, wo ich die Praxis der Psychologin finde, mit der ich einen Termin vereinbart habe. Und je öfter ich mit dem Auto um den Häuserblock herumfahre, desto nervöser werde ich.

Ich gehe die Treppe hinauf, da die Eingangstür offen steht und gelange direkt ins Sprechzimmer der Therapeutin, dessen Tür auch geöffnet ist. In einem großen Raum stehen zwei Stühle einander gegenüber. Die Psychologin möchte meine Krankenkassenkarte sehen, beugt sich stehend hinter ihrem Computer nach vorne und mein Blick fällt auf die Ansätze ihrer schönen Brüste. Bin ich eigentlich noch normal, dass mir das bei diesem Anlass als erstes auffällt? Irgendwie ist sie mir auf Anhieb sympathisch – Glück gehabt.

Sie setzt sich auf den Stuhl gegenüber von mir und fragt mich, warum ich zu ihr gekommen bin.

Es platzt dann aus mir heraus: der Ehestreit, die Meinung meiner Frau, dass ich depressive Phasen habe, der Selbstmord meiner Eltern. Vieles habe ich schon mal bei der ersten Therapie erzählt, sicherlich nicht viel anders. Wieder ist es soweit, dass ich innerlich total verkrampfe, anfange, am ganzen Körper zu zittern, und die Tränen rollen ununterbrochen unter der Brille hervor.

Die Therapeutin sitzt ruhig da, stellt hin und wieder eine Zwischenfrage. Zum Abschluss will sie noch wissen, was ich mir als Ziel der Therapie gesetzt habe.

Wegzukommen von den ständigen Gedanken an den Selbstmord meiner Eltern und der dann auftretenden Traurigkeit, einen Schlussstrich ziehen zu können, das wünsche ich mir.

Die zweite Therapiestunde

Die Therapeutin begrüßt mich ohne ein Lächeln, eher mit einem kühlen oder sachlichen Gesichtsausdruck. Ihre Kleidung und die geschmackvolle Einrichtung in dem großen Sprechzimmer wirken beruhigend auf mich. Auf dem kleinen Beistelltisch flackert eine Kerze in einem kleinen Glas. Draußen auf der Straße rauscht der Autoverkehr und durch das große Fenster, vor dem keine Gardinen hängen, fällt mein Blick auf irgendwelche Hinterhöfe mit Treppenaufgängen und Wandmalereien, einen rosaroten Drachen und daneben einen Mann, auf einem Halbmond balancierend.

Wieder erzähle ich von meiner Kindheit, wie ich als braves Kind immer das ausführte, was meine Eltern wollten. Die heutige Traurigkeit darüber, dass meine Eltern mir gegenüber den Eindruck vermittelt hatten, dass sie über keinen Pfennig Geld verfügen, und dass ich aus diesem Grunde nicht studieren konnte. Die Traurigkeit, dass man mich in vielen anderen Sachen betrogen hat, mir die Wahrheit nicht erzählt, nicht zugemutet hat.

Die Therapeutin sagt nicht viel, wirft nur an ein oder zwei Stellen ihre Interpretation meiner Gefühle in den Raum. Das reicht, um den Tränenfluss auszulösen. Es ist vielleicht gut, diesmal eine Frau als Therapeutin aufgesucht zu haben. Ich habe keine Probleme damit zu heulen. Damals vor dem männlichen Therapeuten habe ich immer sehr schnell versucht, mich zu beruhigen, weil es mir peinlich erschien.

Ich bekomme eine Hausaufgabe. Ich soll meine Träume aufschreiben.

Als ich im Auto sitze, kann ich nicht fahren. Ich bin so aufgewühlt, dass ich am ganzen Körper zittere. Ich schalte das Autoradio ein, stelle die Musik ganz laut. Dann wird es Zeit – ich muss losfahren, damit ich zu Hause bin, wenn Laura aus der Schule zurückkommt.

Der erste Traum

Ich bin im Urlaub in einer wunderschönen Gegend in einem tropischen Gebiet. Ich habe einen Hotelurlaub gebucht und manchmal mache ich einen Ausflug in die Umgebung. Ich fliege dann über die Landschaft voller Palmen und riesiger Felder voller Zuckerrohrpflanzen. Die Sonne scheint grell, es ist trotzdem angenehm kühl und am Himmel sind keine Wolken zu sehen, er leuchtet tiefblau.

Fast den ganzen Tag fliege ich über die Felder, sehe unten manchmal Arbeiter auf den Feldern, manchmal auch kleine Gruppen, die mit Trommeln diese fröhliche Musik machen, die ich so liebe.

Es wird dunkler, die Sonne geht langsam unter und ich weiß, ich muss zurück zum Hotel. Auch die Arbeiter scheinen sich auf die Nachtruhe vorzubereiten. Sie verstecken sich unter riesigen Plastikplanen vor der Nacht und den Moskitos. Und dann fällt mir auf, dass ich manchmal Plastikfolien in der Landschaft sehe, die die Form eines darunter liegenden Menschen haben. Diese Menschen sind in der Nacht unter ihren Folien erstickt.

Doch ich habe die Orientierung verloren in diesem Meer aus Plantagen, Palmen und kleinen Wasserflächen. Ich weiß nicht mehr, wo ich bin. Ich meine etwas wiederzuerkennen und folge meiner Eingebung. Die ganze Zeit fliegt ein schrecklich und doch auch schön schreiender Vogel über mir. Ich kann ihn nicht sehen, das macht mir Angst. Und tatsächlich, irgendwann bemerke ich Häuser am Horizont.

Als ich näher komme, sehe ich, dass es nicht mein Hotel ist, sondern ein kleiner Hafen, in dem exklusive Segelyachten ankern und ein paar Häuser stehen. In einiger Entfernung sehe ich ein aus Holz gebautes Haus mit offenen Türen und Balkonen. Ich gehe auf das Haus zu. Als ich einige Meter entfernt bin, kommt ein braun gebrannter Mann mit blonden, kurzen Haaren auf mich zu, ruft „Hallo Michael", aber ich kenne ihn gar nicht. Auch der zweite Mann, der in dem Haus wohnt, muskulös, mit langen, von der Sonne gebleichten Haaren, begrüßt mich, als wäre ich ein langjähriger Freund. Aber auch ihn kenne ich nicht, wenn er mir auch sympathischer erscheint.

Dann zeigen die beiden Männer mir, wie sie ihren Tag verbringen. Sie haben mehrere Teleobjektive in den Fenstern aufgebaut, mit denen sie Fotos machen, vom Hafen, aber vor allem von den schönen Frauen, die sich im Hafen auf den Booten in der Sonne aalen. Später merke ich, dass sie eigentlich gar nicht fotografieren. Sie sehen nur durch die Objektive und trinken ihr Bier dazu.

Der nächste Traum

Ich arbeite und lebe gleichzeitig in einem Abfallentsorgungsbetrieb. Ständig werden neue Container mit Abfällen angeliefert, die auseinander sortiert werden müssen. Baustoffe, Schlachtabfälle, Chemikalien, alles mögliche wird von mir sortiert und in andere Behälter oder auf große Haufen verteilt. Meine Hände und mein Gesicht sind aufgrund der ungesunden Arbeit mittlerweile von Geschwüren übersät.

Hin und wieder gibt es einen Lichtblick bei dieser Arbeit, immer dann, wenn Container angeliefert werden, die Material aus Haushaltsauflösungen enthalten. Hier nehme ich mir besonders viel Zeit, sehe mir jedes Möbelstück, jedes noch so kleine Teil des Hausrats genau an. Wenn es mir gefällt, nehme ich es mit in die große Halle, die meine Wohnung und im Grunde ein großes Museum ist. Dort wird es in einem der vielen Regale abgestellt, in dem sich alte Uhren, Schreibmaschinen, Sammeltassen und allerhand anderer Krempel befinden. Die Halle wird immer voller, manchmal überlege ich, ob ich mich nicht von einigen Sachen trennen sollte, aber es gelingt mir nicht.

Die dritte Therapiestunde

Ich habe alle Träume der vergangenen Woche niedergeschrieben. Ich bringe sie ausgedruckt in die Therapiestunde mit. Und ich frage mich, warum ich diese Träume geträumt habe, darunter viele Träume, die etwas mit dem Tod der Eltern zu tun haben und den Ängsten, die sich daraus ergeben. Habe ich etwa so oft Träume mit diesem Inhalt oder nur jetzt extrem häufig, weil ich eine neue Therapie begonnen habe? Oder werden mir diese Träume jetzt bewusst, weil ich die Aufgabe bekommen habe, darauf zu achten? Wenn ich jede Nacht diese Träume habe, ist es für mich kein Wunder, warum ich unter diesen permanenten Schlafstörungen leide.

Diesmal beginnt die Therapiestunde wieder in der für mich verhassten Art und Weise, dass die Therapeutin sich vor mich hinsetzt, schweigt und darauf wartet, dass ich irgendetwas sage, mit irgendeinem Thema beginne, über das ich sprechen möchte.

Wir besprechen den ersten Traum, den ich so toll finde, fliegend über einer tropischen Landschaft. Der Traum war sogar farbig, was ich sonst selten erlebe. Sie fragt, woran ich denke, wenn ich von diesem Traum erzähle. Schnell komme ich darauf, dass es etwas ist, worauf ich im Moment verzichte – Fernreisen sind in der Familie kein Thema. Die Kinder wollen lieber Sand, Swimmingpool und ein paar Kumpels zum Spielen haben, Ausflüge werden eher als quälend empfunden.

Dann rede ich von meiner Angst, dass ich die Träume, die ich noch in meinem Leben habe, vielleicht nicht mehr umsetzen kann. Ich denke oft an meinen Vater, der eigentlich nur einen ganz kleinen Traum hatte: als Rentner mit dem Fahrrad nach Italien zu fahren. Doch dann kam die Krankheit seiner Frau dem ganzen Vorhaben in die Quere. Italien hat er nicht mehr gesehen. Er bedauerte es sehr, sagte nur, es sei alles anders geworden, als er es sich vorgestellt habe.

Der zweite Traum hat auch etwas mit der Situation nach dem Tod zu tun. Ich arbeite in einem Recyclingbetrieb und beschäftige mich mit dem Sortieren von Restmüll, u. a. aus Haushaltsauflösungen. Im Traum stehe ich vor der gleichen Situation wie damals bei der Auflösung des Elternhauses: Soll ich den ganzen Kram der Verstorbenen nicht besser vernichten, um nicht ständig durch „Erinnerungsstücke" an die für mich unangenehme und belastende Vergangenheit erinnert zu werden? Sind Erinnerungsstücke nicht eher Auslöser für ständiges Grübeln und Sich-Beschäftigen mit dem Thema Tod? Oder tragen sie dazu bei, dass man das Thema besser „verarbeitet"? Manchmal sind die alten Sachen ja auch einfach nur schön – wie die alte Milchkanne aus Aluminium, mit der ich früher lose Milch von einem Milchhändler geholt habe. Oder komme ich auch dadurch vielleicht nicht los von dem ständigen Kreisen um meine Vergangenheit?

Ich erzähle der Therapeutin, dass ich hin- und hergerissen bin in der Auseinandersetzung mit meiner Vergangenheit: Ich bin einerseits auf der Suche nach der „Wahrheit", die vielleicht Antworten liefert, warum ich heute so bin, wie ich bin. Andererseits kann diese Suche bei meiner Gründlichkeit zu einer Sucht, einer Never-Ending-Story werden: Hier noch eine Person, die man befragen könnte – dort noch eine Spur, die man verfolgen könnte.

Die Therapeutin fragt mich, ob ich meine Depression nicht auch medikamentös behandeln will. Ich erzähle ihr, dass ich von Medikamenten nicht viel halte und darum lieber allein mit der Therapie meine Probleme in den Griff bekommen möchte.

Die dritte Stunde ist vorbei, es rollen immer noch die Tränen. Die Fragen werden immer zahlreicher, die Therapeutin wird sie mir nicht beantworten.

Die sechste Therapiestunde

Wenn ich den Raum der Therapeutin betrete, fühle ich mich ganz ruhig. Die angenehme Atmosphäre wirkt zunächst beruhigend auf mich: Die brennende Kerze verströmt einen angenehmen Vanillegeruch im Raum, die Wände sind mit erdtonfarbenen Tapeten versehen, es ist alles weit und geräumig und viel Licht kommt durch die beiden großen Fenster.

Die Therapeutin setzt sich mir gegenüber hin, sieht mich groß an, wartet darauf, was ich von mir gebe, dass ich mit dem Reden beginne. Mir fällt auf, dass sie eine ganz merkwürdige Brille trägt – ein Metallgestell, das an den Stellen, an denen die Bügel sitzen, noch zwei schmale Ausbuchtungen nach rechts und links hat, die über die Gesichtsbreite hinausragen. Irgendwie stören diese Ausbuchtungen die Harmonie ihres Gesichtes.

Ich erzähle über die Vergangenheit, darüber, wie ich mich fühle, das, was ich ändern möchte. Als ich am Ende meiner Ausführungen bin und sie frage, wie ich aus dieser Situation herauskomme, sieht sie mich erstaunt an – so, als hätte ich irgendetwas nicht verstanden. Sie sagt, sie würde ein kurzes Stück hinter mir gehen, nachfragen, neue Sichtweisen einbringen, alles andere fiele in meine Verantwortung. Ich habe das Gefühl, alles gesagt zu haben – aber inwiefern hat mir das bis jetzt geholfen?

Sie schlägt ein Rollenspiel vor. Sie holt einen Stuhl, stellt ihn neben sich und mich, sagt nur:

„Dort auf dem Stuhl sitzt Ihr Vater."

Sie redet noch weiter, was ich schon gar nicht mehr mitbekomme. Dieser Satz reicht aus, mich zu verkrampfen, mich traurig zu machen, tausend Gedanken anzuregen, die durch meinen Kopf schwirren.

Die Therapeutin verlangt von mir, dass ich meinem Vater sage, was ich jetzt empfinde. Ich denke nach, fasse es in mehreren Punkten zusammen:

- das Gefühl, ausgegrenzt worden zu sein von ihm, nicht nur durch seinen Selbstmord, sondern auch schon während meines Aufenthaltes im Elternhaus,
- überfordert zu sein von der Situation, dass er seine Frau und sich selbst umgebracht hat,
- traurig darüber zu sein, dass er sich nicht von mir verabschiedet hat,
- traurig darüber, dass er mir meine wahre Biografie vorenthalten hat.

Die Therapeutin möchte, dass ich die Rolle meines Vaters übernehme. Ich setze mich auf den anderen Stuhl, und es fällt mir wesentlich leichter, meinem Sohn zu sagen:

- Es ist unser Leben, für das wir gemeinsam verantwortlich sind, in das wir uns nicht hineinreden lassen, auch nicht von dir.
- Meine letzte Aufgabe, meine Frau bis zu meinem Tod zu versorgen, kann ich nicht mehr erfüllen, deswegen beenden wir unser Leben.

Ich setze mich wieder auf meinen Stuhl, sammle meine Gegenargumente, es geht hin und her mit der Rollenverteilung zwischen meinem Vater und mir und ich bemerke, dass es mir immer schlechter geht. Ich kann mich kaum noch unter Kontrolle halten, ich zittere am ganzen Körper, die ersten Tränen rollen wieder, ich fange hastig an zu atmen, halte eine Hand mit der anderen fest.

„Müssen Sie sich eigentlich sehr unter Kontrolle halten?", fragt die Therapeutin.

Natürlich – und dann platzt es aus mir heraus: so sachlich wie in dem Rollenspiel war die Gesprächsatmosphäre zu Hause – Emotionen, Gefühle, alles das spielte keine Rolle. Vater erzählte nie von sich persönlich, was in ihm vorging, nur von seinem Umfeld: immer wieder das Thema Krieg, und wie gut es uns heute im Vergleich dazu geht; über den Arbeitgeber, bei dem er zuletzt über die Hälfte seines Lebens verbracht hat. Das waren die Gespräche am Frühstückstisch.

Eigentlich waren es Monologe – Vater redete und alle hörten zu, wenn sie nicht mittlerweile ihre Ohren auf Durchzug gestellt hatten. Und es waren immer nur diese Sachthemen: immer dieser Scheißkrieg, die Politik, irgendwelche Ereignisse in der Nachbarschaft.

Nie erzählte er von sich und vor allem nicht von meiner leiblichen Mutter, er verheimlichte mir meine Verwandtschaft. Die persönlichen Dinge hat er nicht erzählt. Vielleicht war das auch seine Strategie zu verdrängen – die Erlebnisse im Krieg und den Selbstmord seiner ersten Frau. Vielleicht hat er auch damit Probleme gehabt, vielleicht wollte er mich damit nicht belasten. Ich hatte das Gefühl, er erzählte, um keinen anderen zu Wort kommen zu lassen, damit er selbst das Thema vorgeben kann, er nicht von unangenehmen Fragen überrascht wird.

Einerseits tut mir mein Vater Leid – andererseits wäre es ehrlicher gewesen, er hätte mir nichts vorenthalten über meine Vergangenheit und wir hätten uns im Laufe der Jahre mit unserer Vergangenheit auseinander gesetzt. Dann hätte ich die Fragen stellen können, auf die ich jetzt gerne eine Antwort hätte. Noch nicht einmal eine Frage kann ich stellen, er ist einfach gegangen, hat sich nicht verabschiedet.

„Müssen Sie sich eigentlich sehr unter Kontrolle halten?", fragte die Therapeutin.

Natürlich muss ich das nicht, ich darf weinen, ich habe da grundsätzlich auch kein Problem mit, wenn es mir auch schwer fällt, es vor anderen zu tun.

Ich schwanke aus der Therapiestunde, setze mich in mein Auto. Ich kann sowieso nicht fahren, bin wieder zu aufgewühlt. Ich weine weiter.

Der Alltag ist sofort wieder da: nach Hause fahren, eine Pizza fertig machen, Laura bei den Schularbeiten helfen. Als Lukas nach Hause kommt, gibt es die üblichen zermürbenden Diskussionen, wie man ihn dazu motivieren kann, mehr zu schreiben und für die Schule zu tun. Seine Gegenargumente gehen mir auf den Zeiger: Es macht alles keinen Spaß, das Schreiben nicht, das Aufräumen des Zimmers nicht. Er setzt seine Kombinationsgabe ein, konstruiert Beispiele, in welchen Berufen man seiner Meinung nach ohne das Schreiben auskommt.

Birgit und ich versuchen, entweder seine Einsicht zu schärfen oder mit irgendwelchen Argumenten seine Motivation zu steigern. Wir sind unterschiedlicher Meinung, es gibt ein Wort das andere, wir schreien uns an. Unsere Nerven liegen blank. Ich fühle mich ziemlich ausgebrannt.

Die siebte Therapiestunde

Vor den Therapiestunden hat sich schon fast ein Ritual einge-schlichen. Ich parke mein Auto rückwärts auf dem kleinen Parkplatz vor der Praxis ein. Meistens ist es zehn Minuten vor Beginn der Stunde, wenn ich auf die Klingel drücke und der Türöffner summt. Ich habe dann noch genug Zeit, um die Toi-lette aufzusuchen und mir aus einem Wasserspender, der im Flur steht, einen Plastikbecher voll Wasser mitzunehmen. Ich bin nervös, wenn ich im Wartezimmer eine Psychologiezeit-schrift durchblättere. Ich lese etwas, aber im Grunde schwirren nur die Buchstaben vor meinen Augen.

Punkt zehn Uhr kommt die Therapeutin um die Ecke, wir ge-ben uns die Hand, begrüßen uns kurz und ich gehe vor in das Sprechstundenzimmer. Ich setze mich immer auf den rechten Stuhl, obwohl ich dabei mit dem Rücken zum Raum sitze, was ich eigentlich nicht so schätze. Auf dem kleinen Beistelltisch-chen steht ein viel zu großer Wecker wie zur Mahnung, vor lauter Problembewältigung nicht das Ende der Stunde zu über-sehen. Ein kleiner Holzfisch liegt auf dem Tischchen, ich frage mich, aber nicht die Therapeutin, was der bedeuten soll. Eine Kerze steht meistens auf dem Tisch, heute mal nicht angezün-det. Heute ist es eine von diesen zu großen weißen Kerzen, wie man sie auch in Kirchen sieht, diese Kerzen, die tage- oder wo-chenlang brennen. Die Kerze weckt in mir die Erinnerungen an die Trauerfeier anlässlich des Begräbnisses meiner Eltern.

Wichtig ist für mich das bereitliegende Paket Taschentücher, aus dem ich während der Stunde ein bis zwei Tücher entneh-me, nachdem ich meines, das üblicherweise in meiner hinteren Hosentasche steckt, bereits verbraucht habe. So halte ich die verbrauchten, mit Tränen durchfeuchteten Taschentücher als großen Klumpen in der Hand oder schiebe sie manchmal in die Tasche meines Oberhemdes. Nach der Stunde entsorge ich die Tücher im Toilettenbereich.

Manchmal habe ich den Eindruck, dass die Therapeutin überhaupt nichts sagt in der Stunde – höchstens vielleicht mal eine Bestätigung gibt, etwas nachfragt, natürlich sich von mir verabschiedet, wenn die Stunde vorbei ist. Kein persönliches Wort, alles Gute oder so ähnlich – sie ist außerdem so unsagbar kühl und sachlich.

In der letzten Therapiestunde habe ich ein Rollenspiel mit meinem Vater durchgeführt und ihm einen Vorwurf gemacht, dass er sich nicht von mir verabschiedet hat.

Als ich nach der letzen Therapiestunde darüber nachdachte, fiel mir ein, dass er es im Grunde doch gemacht hat. Schließlich hat er mir einen Abschiedsbrief geschrieben, nachdem er seine Frau erschlagen und bevor er sich erhängt hat.

Ich kramte den Brief aus einem Ordner hervor und las ihn nach drei Jahren noch mal Wort für Wort. Der Brief hat eine Anrede: lieber Michael. Er enthält Begründungen dafür, warum Vater und Stiefmutter Selbstmord begehen – Anweisungen darüber, dass wir alles „entsorgen" sollen. Viele Sätze der Enttäuschung, darüber dass das Ende da ist, nichts mehr zu machen ist. Ein kleiner Satz der Verzweiflung am Ende des Briefes. Es gibt keine Grußformel, keine Unterschrift und keine guten Wünsche an mich. Wie in der Mitte abgebrochen.

Und plötzlich fällt mir auf, dass in dem Brief mehr drinsteht, als tatsächlich geschrieben wurde. Ich habe das Gefühl, dass Vater sich schon sehr früh von mir verabschiedet hat. Vater war immer sehr weit weg – Emotionen, Gefühle spielten keine Rolle, und als ich endlich nach der Ausbildung das Haus verließ, kam es mir vor als sei das eine große Erleichterung für ihn. Es gab keine Besuche von ihm, keine interessierten Telefonanrufe, wie es mir denn ginge – nur Weihnachten und die Geburtstage waren die Termine, an denen er Kontakt aufnahm. Vielleicht war ich nichts anderes als eine unangenehme Erinnerung an die Beziehung mit seiner ersten Frau, die sich das Leben genommen hatte.

Er hat mir nie erzählt von seiner und meiner Geschichte, meiner leiblichen Mutter, meiner Kindheit im Kinderheim, bei den Pflegeeltern. Er hat mich ferngehalten von den Verwandten meiner leiblichen Mutter, aber auch von seinen Verwandten. Der Kopf sagt mir, dass er vielleicht einfach nur vergessen wollte, vielleicht mich auch nicht belasten wollte. Doch jetzt nach seinem Selbstmord trifft es mich um so heftiger. Ich fühle mich verletzt, dass er mich so ausgegrenzt hat, mich zwar nicht angelogen, aber vor allem nicht die Wahrheit erzählt hat.

Ich erzähle der Therapeutin von dem Brief und meinen Gedanken darüber, und dass ich hin- und hergerissen bin: Vater tut mir Leid, er hatte kein einfaches Leben, ich kann nicht wütend auf ihn sein, aber eigentlich müsste ich es, damit ich mich abgrenzen und den ganzen Gedankensalat hinter mir lassen kann.

Die zehnte Therapiestunde

Ich bekomme eine Aufgabe gestellt von der Therapeutin. Sie öffnet Türen und Schubladen von verschiedenen Schränken im Sprechzimmer, in dem sich Unmengen von Fotos, Postkarten und Gegenständen befinden. Sie bittet mich, mit diesen Hilfsmitteln meine Phantasien, die ich zu meinem Vater habe, zusammenzulegen.

Ich wähle verschiedene Fotos aus, streng chronologisch von oben nach unten sortiert. Ein Kriegsbild, dass als Symbol für meinen Vater im Krieg steht, mit dem bitteren Satz von ihm: Man hat mir meine Jugend gestohlen.

Die Therapeutin fragt mich, warum ich dieses Foto genommen habe, auf dem in einem völlig zerstörten Bahnhof eine Lok aus der Wand herausragt. Erst rede ich davon, dass es halt die Zerstörung nach dem Krieg darstellen soll. Aber es wird mir klar, dass mehr dahintersteckt. Meine leibliche Mutter hat sich vor den Zug geworfen, keine hundert Meter entfernt von meinem Elternhaus. Jeder Zug, der an unserem Haus vorbeifuhr, muss meinen Vater daran erinnert haben.

Ich finde in einer Schublade ein Foto eines kleinen Kindes. Ich finde mich in dem Foto wieder. Ich habe Probleme, es sinnvoll einzuordnen, ich finde keinen richtigen Platz für mich. Am Ende schiebe ich es hastig zwischen meine leibliche Mutter und meinen Vater.

Zu jedem Foto habe ich etwas zu erzählen. Dann sagt die Therapeutin, dass ihr auffällt, dass ich kein Symbol gewählt habe für die „Tat". Das ist richtig so, sage ich, weil ich die Motive, warum mein Vater seine Frau erschlagen hat, nachvollziehen kann. Die Krankheit, die Ausweglosigkeit, die Verzweiflung sind für mich mögliche Gründe. Das er aber ein Beil in die Hand genommen hat, habe ich nie richtig verstanden. Das passte irgendwie nicht zu Vater, den ich immer als ruhig und sensibel empfunden habe.

Für Vater habe ich eine Postkarte von Caspar David Friedrich gewählt: Ein Mann steht mit dem Rücken zum Betrachter und schaut dabei auf eine im Nebel liegende Landschaft.

Ich möchte diesen Nebel verstehen, der meinen Vater umgibt. Ich möchte, dass er mir nicht mehr den Rücken zuwendet. Ich möchte, dass er mir von sich erzählt, von sich, was er alles erlebt hat, z. B. im Krieg, darüber, wie er meine leibliche Mutter kennengelernt hat und die vielen anderen Dinge, die mich betreffen, die er mir verschwiegen hat.

Er tut mir wieder Leid. Viele Situationen in seinem Leben waren ein Schock für ihn. Er wird sie vielleicht nie richtig verarbeitet haben. Vielleicht war er deswegen so zurückhaltend, so distanziert zu mir. Das alles ist plötzlich wichtig für mich geworden. So verfolge ich jede Spur, die irgendwo gelegt ist, und versuche auf die Fragen, die sich mir stellen, irgendwie eine Antwort zu finden.

Tief in mir brodelt es und platzt schließlich aus mir heraus. Ich möchte wissen, ob mein Vater ein guter Mensch war, so platt das auch klingt. Er war im Krieg, als Wärter im KZ Dachau, wie Onkel Friedrich mir sagte. Ich habe schreckliche Phantasien. Er hat meine Stiefmutter mit dem Beil erschlagen. Ich möchte trotzdem, dass das Bild wieder zurechtgerückt wird, so wie ich ihn immer kannte: verschlossen, normal, nicht aggressiv, unauffällig, distanziert. War das alles nur eine Maske? Ich möchte wissen, ob er ein guter Mensch war – oder mache ich mir jetzt etwas vor mit diesem Wunsch? Und ich möchte wissen, ob er mich geliebt hat oder ob ich nur eine geduldete Begleiterscheinung seines Lebens war, eine permanente Erinnerung an den Selbstmord seiner ersten Frau und der Grund, in relativ kurzer Zeit meine Stiefmutter zu heiraten – vielleicht primär nur deswegen, um mich versorgt zu wissen?

Das sind die Motive dafür, dass ich jetzt wühle und wühle in der Vergangenheit. Doch die Antworten werde ich nicht bekommen, die werde ich mir selbst zurechtlegen müssen.

Der Sport

Der Anfang kostet Überwindung,
der Körper noch müde,
und irgendwie auch keine Lust.

Der Kopf ist manchmal woanders,
voll dieser
beschissenen Stimmungen.

Runde um Runde
laufe ich durch den Wald,
stampfe mit den Füßen auf den Boden.

Irgendwann
hellt sich die Stimmung auf,
der Kopf wird klarer.

Irgendwann
schießen die Endorphine
in den Körper ein.

Irgendwie geht's mir
dann gut –
dem Körper,
dem Kopf.

Doch irgendwann höre ich auf.

Die x-te Therapiestunde

Ich stelle in der Therapiestunde die Frage, warum ich so in der Vergangenheit forsche, versuche, immer mehr über meinen Vater zu erfahren. Ich versuche ihn zu verstehen, warum er so verschlossen war, so distanziert zu mir.

Und die Therapeutin fragt mich, warum ich so sehr nach Erklärungen suche. Was ich eigentlich fühle?

Ich rede von Mitleid mit meinem Vater. Ich hätte in der Situation meines Vaters sicherlich auch gelitten. Er war im Krieg gewesen, hat dort vielleicht auf Befehl Menschen töten müssen – ich weiß es nicht. Er erzählte ja nie davon, sondern sprach immer nur davon, wie gut wir es heute hätten und dass er in der Gefangenschaft habe Kartoffelschalen essen müssen, wie die Schweine.

Es hing mir zum Hals heraus, diese Gespräche Sonntagmorgens am Frühstückstisch führen zu müssen. Aber ich habe nie nach den wahren Dingen gefragt – als seien sie ein Tabu.

Nach dem Krieg hat sich Vaters Frau, mit der er eine gemeinsame Zukunft aufbauen wollte, einfach vor den Zug geworfen, keine hundert Meter entfernt von dem Haus, das sie sich zusammen erbaut hatten.

Und er blieb dort wohnen, wurde vielleicht durch jeden vorbeifahrenden Zug wieder daran erinnert, was mit seiner Frau geschehen war. Ich denke, er hat es insgesamt nicht leicht gehabt, ich verstehe im Nachhinein, warum er immer so verschlossen und entfernt auf mich wirkte. Vielleicht war er deswegen auch viel unterwegs, in jeder freien Minute weg vom Haus, entweder irgendwelchen Nebenbeschäftigungen nachgehend oder am Wochenende mit seinem Fahrrad auf unendlichen Touren unterwegs.

Ich fühle keine Wut gegenüber meinen Vater, es ist eher Mitleid.

Depression kann resultieren aus einer nach innen gerichteten Wut, sagt meine Therapeutin, und ich schlucke.

Aber ich kann nicht wütend sein, weder auf meinen Vater noch auf sonst jemanden – ich versuche alles im und mit dem Kopf klarzumachen. Wut ist für mich unsachlich. Das war schon früher so.

Sie haben Ihre Grenzen erreicht, sagt die Therapeutin trocken. Ihr derzeitiges Verhalten, sich in andere Menschen hineinzuversetzen, hilft Ihnen nicht weiter. Sie müssen sich eine andere Strategie überlegen.

So einfach ist das also.

Die Wahrheit

Die Frage,
ob Vater im KZ Dachau mit Hand angelegt hat,
raubt mir den Schlaf.

Ich erhalte Fotokopien
aus Krankenbuchlagern
und Bundesarchiven.

Ich lese von Einsätzen
und Verletzungen
in Frankreich und Russland.

Ich bin froh,
dass ein KZ
nicht dabei ist.

Wie lächerlich von mir,
die Aussage eines Menschen über Vater
als Wahrheit zu akzeptieren.

Die fotokopierte Wahrheit
gefällt mir besser.

Die echte Wahrheit
kennt keiner.

Nun rauben mir andere Gedanken
den Schlaf.

Die Depression

Depression – jetzt hat die Therapeutin das Wort schon oft genannt. Eigentlich weiß ich gar nicht, was eine Depression ist, außer, dass sie irgendetwas mit schlechter Stimmung zu tun hat, in der man sich mal befinden kann. Und keiner spricht so gerne davon.

Als ich dann einen Zeitungsartikel zum Thema „Depression" lese, wird mir bewusst, dass ich in guter Gesellschaft bin. Es soll eine ziemlich weit verbreitete, aber auch eine oft nicht erkannte Krankheit sein. Volkskrankheit Nummer eins lese ich – 4 Millionen Deutsche sind davon betroffen.

Ich lese weiter, und es fällt mir wie Schuppen von den Augen. Auslöser können Stressphasen sein, wie der Verlust eines nahen Angehörigen, bei Frauen die Geburt eines Kindes, der plötzliche Verlust des Arbeitsplatzes, traumatische Erlebnisse. Ist der Selbstmord meiner Eltern für mich ein traumatisches Erlebnis? Auf jeden Fall Stress – noch vier Jahre danach.

Dadurch sind die Botenstoffe in meinem Gehirn, Serotonine, aus dem Gleichgewicht geraten, lese ich. So werden Signale zwischen den Nervenzellen verzerrt, schließlich die Gefühle verändert. Ich lese von Antriebsschwäche, Lustlosigkeit, Schlafstörungen, Sich-Einkapseln.

Ich finde, es trifft sehr vieles auf mich zu und bespreche es mit meiner Therapeutin, die mir den Namen eines Psychiaters gibt, der mich medikamentös behandeln könnte. Wieder erzähle ich jemandem „meine Geschichte", der Psychiater befragt mich über die Zeit vor der „Tat" – ob es da auch schon mal längere Zeiten schwermütiger Stimmung gegeben hat.

Und ich erinnere mich an Phasen als Jugendlicher zu Hause oder bei der Bundeswehr, zu der mich meine Eltern gedrängt hatten. Er will von mir wissen, ob ich meinen Vater als depressiv einschätze und ob der Selbstmord meiner leiblichen Mutter vielleicht auch in einer depressiven Phase stattgefunden hat.

Plötzlich erscheint mir die Verschlossenheit meines Vaters unter einem ganz anderen Licht und ich erinnere mich auch an die ein, zwei Nebensätze, die Tante Irmtrud mal über meine leibliche Mutter fallen ließ: dass sie manchmal irgendwie merkwürdig war, ein bisschen abwesend.

Vielleicht habe ich diese Krankheit von meinen Vorfahren mit den Genen in die Wiege gelegt bekommen und durch die „Tat" ist sie ausgebrochen, meint der Psychiater. Nur eine Psychotherapie wird mir auf Dauer nicht weiterhelfen, ich sollte zusätzlich Antidepressiva zu mir nehmen, die nicht süchtig machen würden. Diese Antidepressiva greifen in die Abläufe der Botenstoffe ein, es besteht die gute Aussicht, dass dann auch irgendwann die Depression verschwindet.

Er verschreibt mir ein entsprechendes Medikament. Ich muss Geduld haben, bis es wirkt. Im Moment merke ich nur die Nebenwirkungen, von denen jede Menge im Beipackzettel aufgeführt sind: Hitzewallungen, Kopfschmerzen, Lichtempfindlichkeit, ...

Jetzt weiß ich, dass ich eine Depression habe, eine Krankheit, mehr als nur eine schlechte Laune. Irgendwie fühle ich mich plötzlich erleichtert, weiß ich, dass vieles in meinem Verhalten zu anderen Personen nicht immer mit diesen Personen zu tun hat, sondern teilweise ausgelöst durch die Depression mit all ihren Symptomen.

Ich lese: Depressive Menschen sind eine Belastung innerhalb einer Familie und können jahrelang gewachsene Strukturen zerstören.

Ich merke es und Birgit muss mitleiden.

Die Zusammenfassung

Phase 1: Verstehen des Verlustes

Es ist ein Unterschied, ob jemand „eines natürlichen Todes" stirbt, man ihn vielleicht sterben sieht, man sich ein letztes Mal austauscht und man zuletzt einen toten Menschen vor Augen hat. Etwas ganz anderes ist es, wenn sich jemand durch Selbstmord und ohne direkten Abschied von jetzt auf gleich aus dem Leben stiehlt. Der Abschied fehlt dem, der zurückbleibt. Die Leiche wird weggenommen, man bekommt sie in der Regel nicht zu sehen, außer man besteht darauf – aber wer ist in der Schockphase dazu in der Lage? Das erschwert, wirklich zu glauben, dass der Mensch tot ist.

Obwohl die Urnen schon lange unter der Erde waren, habe ich noch monatelang gemeint, auf den Straßen hin und wieder meinen Vater auf seinem Fahrrad zu sehen.

Es dauert lange, bis man verstanden hat, dass man wirklich einen Menschen verloren hat.

Phase 2: Respektieren der „Tat"

So schrecklich der Selbstmord ist und so schrecklich die Art und Weise ist, mit der Vater und Stiefmutter sich umgebracht haben: Es hat nichts mit mir selbst zu tun. Leute reden nach dem Selbstmord über mich: Sie sagen, dass wir ja auch so „lieblose" Kinder waren. Es kommen Schuldgefühle hoch – hätte ich da irgendetwas erkennen müssen, habe ich irgendetwas versäumt zu tun?

Ich vertrete die Ansicht, dass jeder für sein eigenes Leben verantwortlich ist und diese Verantwortlichkeit so weit geht, dass man auch respektieren muss, wenn jemand sein Leben beenden will.

Ich respektiere die „Tat". Die „Tat" ist nicht gegen mich gerichtet, keine Bestrafung oder irgendetwas in dieser Richtung. Ich trage keine Schuld daran. Ich respektiere, dass sich meine Eltern das Leben genommen haben.

Zu dieser Einstellung zu gelangen, hat länger gedauert – viele Gespräche und mindestens eine Therapie lang.

Phase 3: Wo bleiben die Gefühle?

Als ich Jahre später in meinen Tagebuchaufzeichnungen über die ersten Tage nach der „Tat" lese, bin ich verwundert über die „Coolheit" und Sachlichkeit, mit der ich alles „abgewickelt" habe. Gefühle spielten erst einmal keine Rolle, doch plötzlich kommt alles Mögliche hoch: doch wieder Schuldgefühle, Enttäuschungen, die Ängste, die Erkenntnisse, die verborgenen Sehnsüchte. Ich mache eine zweite Therapie und habe viele Gespräche mit Freunden, um diesen „Wust" an Gefühlen zu verarbeiten. Manchmal schmerzt dieser Prozess mehr als der eigentliche Verlust der Eltern.

Phase 4: Ein neues Bild

Wenn jemand Selbstmord begeht, kann es sein, dass man sich plötzlich mit Fakten im Zusammenhang mit dem Toten auseinandersetzen muss, von denen man vorher nichts ahnte – oder es kommen „dunkle Seiten" eines Menschen hervor, die das Bild zerstören, das man sich von einem Menschen gemacht hat. So musste ich mir ein neues Bild von den Toten machen. Es wird manchmal ein falsches Bild sein, weil es nicht objektiv ist, weil ich es mir vielleicht auch manchmal im Kopf konstruiert habe. Aber es hilft mir, die Toten da hinzustellen, wo ich sie haben will. Ich habe die Macht über sie, nicht sie über mich.

Phase 5: Das Chaos, das ich anrichte

Ich bin aufgrund des Selbstmordes meiner Eltern ein anderer Mensch geworden. Nicht mit allem bin ich zufrieden und nicht mit allem können andere umgehen. Ich habe mich auch nicht nur positiv verändert. Es gibt Auswirkungen auf die Ehe, es kriselt. Ich muss mit Erschrecken feststellen, dass die Auswirkungen des Selbstmordes sich bis in die privatesten Bereiche ziehen.

Ich muss feststellen, dass ich mich von der Vergangenheit beherrschen lasse. Und ich kann dankbar sein, dass mir Birgit zur Seite steht, mit der ich reden kann, die immer noch zu mir hält, obwohl ich manchmal unausstehlich bin.

Phase 6: Krankheit

Dass mich das alles eines Tages psychisch krank machen könnte, hätte ich nie geglaubt. Je offener ich damit umgehen kann, desto eher wird es mir gelingen, diese Krankheit herauszulassen. Es wird ein schwerer Kampf werden, doch ich werde siegen.

Phase 7: vorläufiger Schluss

Die Trauer wird geringer, das Thema Vergangenheit in den Hintergrund treten, die Auswirkungen werde ich immer besser verkraften. Die beschissenen Gefühle werden immer mal wieder hochkommen, aber ich werde sie auch immer wieder verjagen. Vielleicht irgendwann für immer.

„Das Leben geht weiter" und „Sieh nach vorne" – so blöd diese Sätze manchmal ankommen, wenn sie wohlmeinend als guter Ratschlag von irgendwelchen Leuten gegeben werden, so drücken sie doch das Wichtige aus: Mein Leben ist wichtiger als das der Toten.

Das Bleibende

ein Fotoalbum mit posierenden Menschen
Weihnachten und an der Ostsee
Vaters Hut im Kinderzimmer
in der Verkleidungskiste
die Küchenuhr im Arbeitszimmer
zu laut zum Aufziehen
ein von Vater gebasteltes Holzbrett
eingraviert in ungelenker Schrift:
„Streuet Blumen zur Lebenszeit,
kurz ist die Zeit, die ihr beisammen seid"
ein Ordner über das Elternhaus
zwei Ordner mit Unterlagen
über das zusammengefasste Leben der Eltern
Vaters Werkzeug jetzt in meinem Bastelkeller
das meiste nun doppelt
ein Verlängerungskabel mit einer Flickstelle
dort wo ich es
mit der Heckenschere durchtrennte
als ich mit Vater die Zweige kürzte
ein paar alte Bücher
Weihnachtsbaumkugeln einmal im Jahr
ein auslaufender Sparvertrag
Fragen ohne Antworten
die Traurigkeit

ohne Abschied

Der Abschied

Ich sehe mir im Kino einen Film an. Er handelt von einer Frau, die sich in einem kleinen verlassenen Dorf Frankreichs nieder- lässt und mit ihrer für das Dorf ungewohnten Lebensweise an- eckt. Dabei führt sie nur einen Schokoladenladen. Immer, wenn der Nordwind pfeift, zieht sie weiter, im Gepäck die Urne ihrer Mutter, an der Hand ihre Tochter. Eigentlich ist sie nirgends zu Hause, der Nordwind und ihre Mutter treiben sie weiter in den nächsten langweiligen Ort.

Doch dann wird alles anders. Nach langem Hin und Her wird sie in einem dieser öden Dörfer akzeptiert. Sie findet so etwas wie Liebe. Doch der Nordwind ruft wieder, sie will dem Ruf folgen, wieder weiterziehen. Aber ihre Tochter hat keine Lust mehr. Sie will bleiben. Und während des Gerangels mit ihrer Tochter stürzt der schon gepackte Koffer zu Boden, die Urne fällt heraus und zerbricht, die Asche ist auf dem Fußboden verstreut. Sie fegen die Asche wieder mühsam zusammen.

Das Happy-End. Frau und Tochter entscheiden sich, in dem Ort zu bleiben, sich nicht mehr treiben zu lassen. Die Frau öff- net das Gefäß, in dem sich die restliche Asche ihrer Mutter be- findet, kehrt es aus und der Nordwind reißt die Asche davon.

Ich bastele mir einen Abschied.

Ich habe meine Trauer, meine Gedanken, meinen Frust auf ei- ner Menge Seiten Papier zusammengefasst, analysiert und ausgedruckt. Und dann werde ich alle diese vollgeschriebenen Seiten nehmen und an irgendeinen einsamen Strand fahren. Es wird im Herbst, nicht im Winter sein, auf jeden Fall dann, wenn nur noch ein paar Möwen den Strand besuchen und sie erschreckt vor mir davonfliegen. Irgendwann morgens, kurz vor dem Beginn der Morgendämmerung, werde ich mit dem Auto den Strand erreichen, sehr müde von der langen Fahrt. Es wird die Ostsee sein, der Teil im Osten Deutschlands, wo die

Strände breit und leer sind. Der Wind wird stürmisch sein und die Wellen werden laut an das Ufer klatschen. Irgendwie werde ich es schaffen, diese vollgeschriebenen Seiten anzuzünden, und zusehen, wie die Buchstaben langsam erst schwarz in der Hitze vergehen, dann glühendrot verbrennen. Der Wind wird die Asche forttragen, nur ein kleiner schmutziger Fleck wird im feuchten Sand zurück bleiben.

Ich gehe dann zum Auto zurück, schmeiße eine Kassette mit dieser langsamen Saxofonmusik von Jan Garbarek rein, und wenn das Saxofon weint, laufen mir ein letztes Mal die Tränen die Wangen herunter. Vielleicht schlafe ich dann ein bisschen im Auto oder ich mache einen langen Spaziergang am Strand. Toll wäre es, wenn dann die Sonne irgendwann hinter den Wolken hervor schaut. Ich setze mich in das Auto, wechsele die Kassette, und wenn ich den Startknopf drücke und den Lautstärkeregler voll aufdrehe, werde ich die Reggaemusik hören: Bob Marley. Positive vibrations. Die Bässe werden mir den letzten Hauch von Traurigkeit aus meinem Kopf hämmern. Ich fahre dann nach Hause, und ich fühle mich wie befreit.

Positive vibrations.

Die Danksagung

Ich danke allen,
die mich in meiner schwierigen Zeit
unterstützt haben,
Geduld mit mir hatten,
nachfragten
oder einfach nur zuhörten.

Ich danke speziell
Anton,
Birgit,
Sigrun,
der Therapeutin
und Ursula.